RODRIGO FONSECA

COMO ERA TRISTE A CHINESA DE GODARD

EDITORA RECORD
RIO DE JANEIRO • SÃO PAULO
2011

CIP-BRASIL. CATALOGAÇÃO-NA-FONTE
SINDICATO NACIONAL DOS EDITORES DE LIVROS, RJ

Fonseca, Rodrigo, 1979-
F747c   Como era triste a chinesa de Godard / Rodrigo
Fonseca. - Rio de Janeiro: Record, 2011.

ISBN 978-85-01-09454-4

1. Romance brasileiro. I. Título.

11-3496   CDD: 869.93
                            CDU: 821.134.3(81)-3

Copyright © Rodrigo Fonseca, 2011

Capa: Elmo Rosa

Composição de miolo: Abreu's System

Texto revisado segundo o novo Acordo Ortográfico da Língua Portuguesa.

Direitos exclusivos desta edição reservados pela
EDITORA RECORD LTDA.
Rua Argentina 171 – 20921-380 – Rio de Janeiro, RJ – Tel.: 2585-2000

Impresso no Brasil

ISBN 978-85-01-09454-4

Seja um leitor preferencial Record.
Cadastre-se e receba informações sobre nossos lançamentos e nossas
promoções.

Atendimento e venda direta ao leitor:
mdireto@record.com.br ou (21) 2585-2002.

Pra Lhorruane, por tudo aquilo
que você me ensinou e vai me ensinar,

pros meninos da Penha, Fábio Paladino,
Pierre P. G. e Diogo O. M., porque a gente
aprendeu a ser pra sempre,

e pro George, que foi um irmão quando
eu mais precisei de um amigo.

*"The face forgives the mirror
The worm forgives the plow
The question begs the answer
Can you forgive me somehow
Maybe when our story's over
We'll go where it's always spring
The band is playing our song again
And all the world is green"*

"All the world is green", Tom Waits

*"A Quinta Sinfonia com regência de Karajan
em CD é cultura. A Quinta Sinfonia composta por
Beethoven é música. Não é a mesma coisa."*

Jean-Luc Godard

Perguntou se o suíço de óculos num cartaz descolorido na parede era cantor: foi a deixa para que eu me apaixonasse. Chamava-se Maria, e eu vos saúdo pelo sorriso-Cristo contornando seus dentes levemente tingidos de Derby filtro branco. Tinha na altura do ventre três borboletas multicores que, na Lua Cheia, convertiam-se em ideogramas quinhentistas no pescoço. Calçava botas sempre que depilava a virilha de modo a compensar a perda de pelos e a me enlouquecer, o que era fácil. Cobrava barato: R$ 110 sem anal. Mas quando lhe comprei a 37ª caixa Kopenhagen de Línguas de Gato, passou a me dar descontos e fazer juras. Entre elas, uma viagem para Ilha Grande e uma ida ao baile da Furacão 2000 na Rio Sampa. Prometeu-me um boquete sem camisinha, dois filhos e uma massagem nas omoplatas caso eu a levasse para uma excursão paga em Foz do Iguaçu. Desenhava seu nome junto ao meu na poltrona do ônibus usando esmalte. Passava o pincel nas unhas e lembrava receitas que aprendeu com Louro José ao voltar da zona da Zona Norte. Encontrei Maria — e vos saúdo por isso — numa quinta-feira de chuva. Vestia apenas uma fita no cabelo.

Perguntou se eu gostava de Renato Russo, se era casado, se morava com os pais e se tinha tara por foder de quatro. Numa brecha entre histórias, dei-lhe um beijo e ela me chamou de "Taradinho!", sussurrando feitiços de queimação nos tímpanos que o calor de seu hálito derreteu. Paguei seu preço e renasci na gargalhada-Páscoa em sua face viçosa. Era nela que eu me reergueria da tola ilusão de autoajuda em que embarquei ao tentar ser fotocópia evoluída de mim. Durou pouco a sina da acomodação. Sobrava ódio para isso. Maria — e eu vos saúdo por isso — era puta, mas era minha. E num beijo fez sumir cicatrizes. Era 4 de novembro e suas presas sugaram a bílis de dendritos e axônios. Como pensar em bobagens como sexo pago quando alguém faz o que ela fez — e eu conto:

Godard, que um dia fora minha quizila, era termo ermo para o glossário onomástico de Maria — e eu vos saúdo por isso. Mesmo assim, ao ver seu nome entre meus diários expurga-passados, aqueles parecidos com e-mails musicados que enviei a amigos, ela decorou os Gs, Os, Ds, As e Rs, arriscando-se a combiná-los num presente. Foi ao Centro, parou no Beringela, sebo onde eu, em escambos, engordava meu saber, e catou um livro velho que não comprei por falta de trocados. Deixou o regalo num pacote com fitas amarelas e camisinhas coladas com durex. Deixou a prenda na minha cama, com um marcador de página no único trecho que conseguiu ler com alguma clareza.

Era *Introdução a uma verdadeira história do cinema*. Página 20.

Gosto de trabalhar com calma; acho que se trabalha bem com calma, e que na rua não se trabalha... Não gosto de trabalhar na rua, entro em pânico, com medo de que as coisas não deem certo, de que os carros arranquem quando o sinal estiver vermelho. Ao contrário, gostaria de ter um grande estúdio ou uma cidade inteira à minha disposição. Foi o que aconteceu com os russos no caso de alguns filmes de Eisenstein, como em *Outubro*, quando uma parte de Leningrado foi efetivamente usada em certos planos. Aí sim a gente dispõe de calma, de tempo. Às vezes prefiro estúdios, ou mesmo cartões-postais, porque, com eles, pelo menos a gente tem tempo para pensar. É pena, mas na rua não dá...

, escreveu Godard. Li esse trecho treze vezes antes de chupar a boceta de Maria — e vos saúdo por isso.

Fomos felizes.

Aliás, somos.

Nosso Francisco tem um ano e dois meses. E já viu *O rei Leão* em DVD.

Renato ficaria com inveja.

E etc.

Rebobine, por favor.

"O inferno tem mil entradas
Algumas são bem conhecidas,
Outras são mais disfarçadas."

"Sobre as pernas", Akira S. & As Garotas que Erraram

Era Muda

novenovemeia-volta no frio, 4 a.m. e pouco. sentou na estrada e escreveu. desabafo. telegrama. procurou um amigo do peito sem letras maiúsculas na caneta. escrevia o que sentia. sentia engasgo. comia mal. amendoim. soda cáustica. acordou constipado, culpado, rasgado, ferido sem vírgulas ou pontos finais Parágrafo

Reaprendeu as maiúsculas por bom comportamento e moral e cívica. E escreveu uma carta-poema-bilhete-súplica-súmula de jogo:

Amigo J.(ulio) e amiga M.(ônica),

hoje acordo muito triste. Sonhei com bois, mas farei a fezinha na vaca. Talvez no pavão. Vaquinhas têm mais a ver com a vaidade que perdi. Escrevo estranho pois de estanho e cobre velho ficaram meus olhos vesgos de chuva torrencial. Preparei festa pra Princesa que vocês me apresentaram em noite de neve e colóquio social. Ela furou: minhas pálpebras e dois balões. Comeu passas e regurgitou rosas negras. Foi cruel e me deixou sem lençol. Tento entender a usura que leva uma mulher a recusar um beijo. Não consigo. Um dia, no passado, mendiguei sonhos, trocando latidos por versos e copos de Coca-Cola. Hoje, mendigo lábios que me curem da lepra que me faz invisível. Comprei balas e tentei substituir ódio de mim por açúcar mascavo e canções do Roberto. Não deu. Fiquem em paz.

Em caso de dúvida, *blame it on the* bossa nova. Ou toque *Xou da Xuxa volume 3* de trás pra frente para invocar pragas de gafanhotos, cigarras, pardais e demiurgos desocupados.

Começa aqui a confissão de um pé na bunda astronômico, astrológico, patafísico e patológico. Põe "Relax" do Johnny Goes to Hollywood pra tocar que desce mais fácil.

"A vida é tua, joga na rua, gasta com quem vier,
A dor é minha e ela eu não tinha, leva quem me quiser.
Eu vou sabendo que te perdendo, perco bem mais que sou,
Guerra perdida, alma vencida, leva quem mais te amou."

"Cartas na mesa", Moacyr Franco

Cafona, né, casal? Apelei pro vermute quando queria Cherry Coke. Mas peço licença assim mesmo, aqui mesmo, por e-mail, para fazer dos dois interlocutores do LP arranhado que sintetiza a merda da minha vida nestes últimos meses, com lado A, lado B, risco e ruído. Preciso de quem me ouça e a escolha foi feita. E começou mais ou menos quando eu passei a misturar as pessoas nos pronomes oblíquos e retos com que escrevo sobre o pranto que me arrancaram. Sei que eu deveria estar falando de violência urbana, da crise financeira, do Fluminense ou do que mais fosse urgente, mas um colapso agudo do miocárdio me impede de fazer da razão meu cartão de visitas.

Sendo assim, eu vou começar devagar... E farei das reticências o meu ninho. Talvez o único que queria me acolher nestes dias em que a Penha dentro do meu peito desperta Saigon, com um gosto de napalm que Colgate não tira. Aliás, gastei um terço do que me sobrou no banco comprando pasta de dente. Li em algum canto — ou teria sido um carinho do passado que me contou? — que o k-marada que inventou a tabela periódica teria morrido envenenado com flúor, que ingeriu aos montes acreditando que tal metal seria a cura para todos os males do corpo. Assim sendo, arrisco: fluorose já, contra a febre de espírito que me sufoca.

Estou me perdendo. Desculpe. Está na hora do trabalho. Portanto, tenho que aproveitar o tempo que tenho até o CD do Moacyr Franco acabar. Sabe o que é? Eu separei todos os 300 discos que tenho em casa e os deixei sobre a cama sonhando em mostrá-los para vocês. Explico: nos próximos dias, nas próximas manhãs, enquanto eu suportar viver, vou tentar compartilhar com vocês o escândalo de que fui vítima a partir do dia em que o Michael Jackson morreu. Foi nesse dia em que a Chinesa de Godard me escreveu. Redigiu um bilhete-missiva perguntando por que eu havia sumido após um ensaio de comunicação interrompido pelo desprezo. Algo me dizia, ao som de "One day in your life", que eu nunca deveria ter dado *send* na resposta que enviei à moça. Ctrl+alt+del era o nosso destino lavrado pelos deuses e reis barbudos. Mas não fui capaz de segurar os dedos que digitam encrencas. Cliquei, enviei. Apenas assim: "Te comprei um presente. Na volta, quero um encontro. Pode?". Ao "Pode!" dela, senti aquela desmaiante sensação de abrigo que só abraços imaginários nos causam e fui adiante. Para o meu erro. A forca.

Encurtando antes que eu tenha que terminar às pressas, fui vítima de um falsete. Uma valsa sem som. Mas esse é um jeito embelezado de me expressar. Hoje o Bonsucesso Blues do meu suburbano coração se acovarda a apelar para as palavras certas não por ausência de malícia, mas pelo vazio, a falta de sangue nas veias e a carência de um passado que ficou no ponto do 497 (Penha–Cosme Velho), lá na rua Aurora. Um dia, li um cara dizendo "A vida ficou muito mais triste no dia em que Tim Maia morreu". Quem dera hoje eu pudesse procurar o k-marada que escreveu essa e pedir: "Amigo, posso te dar um abraço?".

Não... não é viadagem, não. É a percepção de que esse cara deve ter passado os últimos dez, onze anos tão triste quanto eu estou hoje.

Mas a minha dor não tem nada a ver com Tim Maia, com Michael Jackson, com o fato de o Tio Tatão não ter pago a luz ou com a cárie que me apareceu. Tem a ver só com a amarelinha que eu comecei a jogar com a Chinesa de Godard. Uma Chinesa que já foi Cristiana, Dulce, Márcia, Joana, Célia, Luciana, Rachel, Tatiana... Caroline... Fernanda... mas que agora eu vou chamar apenas de Adriana Lee (pseudônimo)... ou de a Chinesa mesmo. Não importa.

A questão é que vocês dois ouçam os trabalhos de amor guardados em um jogo que eu mantive após uma madrugada de frio com a Chinesa em Niterói quando percebi estar apaixonado por alguém que me rasurou. Vou tentar no prazo de 42 músicas selecionadas especialmente da minha discoteque sintetizar o conflito que pode acabar em suicídio, em reprises do *Forrest Gump*, em diabetes acentuada ou males do fígado — embora eu beba pouco. Vale a tentativa de expor o amor que amou amantes inventados ou emprestados da minha insensatez ou de qualquer bossa do gênero. Mas a ideia é apenas fazer entender que a Chinesa me amou nos instantes de segundo em que eu a inventei.

Tenham paciência, k-maradas.

Os exércitos cossacos estão no meu coração.

E nesta Revolução de Outubro, a Internacional perdeu acordes para um disco velho do Roberto que eu comprei em Brás de Pina.

Detalhe: não liguem para o Fábio Paladino para contar o que aconteceu. Tipo, "Saímos de braço dado, a noite escura e mais eu". Sentei com ele outro dia para falar da *chinoise* com choro no olho e catarata e ele respondeu:

— Quer comprar um DVD pirata? Tenho o *Homem de Ferro*. Ah... *Hulk* também.

Portanto, sigilo.

E que eu dure até *Stardust*.

Beijo na testa.

"Hide in your shell 'cause the world is out to bleed you for a ride
What will you gain making your life a little longer?
Heaven or Hell, was the journey cold that gave your eyes of steel?
Shelter behind painting your mind and playing joker."

"Hide in Your Shell", Supertramp

Respondo ao carinhoso *reply* de vocês com os miados de Roger Hodgson & Rick Davies que ouvi nesta manhã, acordando em um colchão mijado de guaraná Toby e Cheetos bola que dormiram abraçados aos meus pelos pedindo carinho e um quinhão de tecido adiposo.

Tenho corrido regularmente no pasto que achei num terreno baldio mais sujo que o meu peito em dias de chuva. Fui lá queimar calorias e comer dois quilos de capim com gergelim para garantir a longevidade de dentes brancos e gengivas rosadas.

Tenho andado desligado, mas confesso que não tem sido por criancice ou por medo de injeção. Duas antitetânicas misturadas a uns miligramas de Rivotril me fariam bem feliz caso não houvesse contraindicação no pacote. Acho que vou sofrer menos se apelar para aquelas palavrinhas nossas de todos os últimos dias e oferecer uma ladainha a São Judas Tadeu. Santa Bárbara do Rio Pardo também não seria má escolha neste momento. Por isso, voltemos à Chinesa, levando-se em consideração que tenho novidades quentes sobre ela, chegadas por Fedex há pouco mais de meio quarto de século. Sei que não sou tão velho assim, mas sinto rugas nascendo na testa quando avalio toda a gastura desta história.

Ontem, ou há doze primaveras, a Chinesa me procurou convidando para um café. Antes do mimo, rasgou seda para homens que desconheço, cantou loas a um primo eunuco da Baviera, lembrou da beleza de Alain Delon na juventude e perguntou se eu levaria John Travolta para dar um rolé por Madureira se ele aparecesse por aqui numa tarde de maio à cata de uma casa de chá. Pode ser? Que abuso dessa fulana.

Profundamente ofendido, tomei um avião e desci na Praça das Nações para comer um Cheddar McMelt com cacos de vidro e escrever algumas linhas de uma peça de teatro. Tenho preparado uma versão em esperanto da chegada da Família Real Portuguesa à Lua. Pensei em escalar a Chinesa pro papel de Puta, mas o cargo já estava loteado para uma irmã que tenho e com quem falo pouco — só em noites de agosto e em código Morse. Mesmo assim, tenho escalado atores importantes para esse frila dramatúrgico que tem me garantido uns caraminguás fartos para pagar a luz, a loteria e a conta da termas Black & White.

Como a Chinesa hoje vive seus dias com a pá virada, perturbando todas as etnias asiáticas conhecidas pelo homem branco, resolvi me acolher no sagrado retiro espiritual de Bruna, uma garota de programa escandinava, nascida no Pará, de pai turco e mãe somali, que, vez por outra, vai lá em casa rezar meus quebrantos e chupar meu pau. É pena que a moça, apaixonada por um professor de harpa, resuma nossa relação a uma troca mercantilista.

Parece que a Chinesa permanece vitoriosa. E firme em seu plano de me fazer de tapete de entrada de seu novo apê. Burt Lancaster — esse não respira mais. Mas a culpa não foi minha. Deus é testemunha. Amanhã conto mais.

Tá ficando tarde.

Olha, falando sério: não quero mais responder às cartas da Chinesa. Adriana Lee ontem perguntou: "por que você é tão imaturo?" Como explicar a ela, J.(ulio) & M.(ônica), que eu sou apenas um rapaz em busca de um bem-querer para chamar de seu? Pensei em levá-la ao cinema. Ver Visconti. Panetone. *Christmas Tree*. Reis magos. Coisa assim. Acho que não.

Assunto: Bonsucesso Blues 2 — Travessa da Brandura

"I'm gonna buy a paper doll that I can call my own
A doll that other fellows cannot steal
And then the flirty, flirty guys with their flirty, flirty eyes
Will have to flirt with dollies that are real."

"Paper Doll", na voz de Perry Como...

...**f**ez eu despertar agitado hoje. Sonhei com a Chinesa de chinelos de dedo e pantufas estampadas com o rosto de Stalin. Conforme prometido, corri para a *jukebox* moral de um PC e mandei pau na caspa, nas lêndeas e nos piolhos morais que me sugam sangue a crédito. Ontem não obtive a resposta que esperava. Mesmo assim, me eduquei para continuar a trocar com vocês dois, J.(ulio) & M.(ônica), casal fofo, minhas boemias pela noite dos desesperados, reprisadas em um VHS de cabeçote carcomido que comprei na rua Quito ontem. Talvez as referências geográficas da minha cartografia afetiva lhes soem dadaístas, mas é que eu as costurei na barriga de um mamão verde, prensado para compotas açucaradas. Preciso perder peso, mas continuo com refluxo provocado pelas borras de café que tenho comido com Lexotan e leite quente. Ando com ameaça de gases abruptos e miomas éticos depois que roubei uma calcinha da Chinesa nas bancadas da Cyticol de Ramos. Senti culpa, mas o perfume de rosas brancas compensou.

Como havia anunciado em carta passada, a primeira ou a décima vítima do meu desamparo, tenho confundido a Chinesa com Ava Gardner meio que com constância preocupante. Às vezes eu a misturo no liquidificador com Sustagem e um 3x4 de uma prima portuguesa que leciona Letras, Desenho Geométrico e Sexo Tântrico para crianças de 3 a 97 anos. Era Martha, Mirtes, Rosa ou Abóbora. Já não lembro. Lembro que a Chinesa me abriu a porta de sua casa fantasiada de mulher-aranha, com patas e pelos duros, em um 21 de dezembro qualquer e me acolheu em um edredom molhado de menstruação que cheirava a arroz-doce.

Nesse 21 de dezembro qualquer, embrulhado em um edredom molhado de menstruação que cheirava a arroz-doce, ela me amou em persa e disse, em braile, que eu era seu cavaleiro de armadura. Mostrou a coxa esquerda, fez um número circense, comeu meu pau com granola e deixou um filme argentino rolando no DVD. *O filho da noiva*, talvez. Só acordou nos créditos de encerramento, ao som de uma cantiga de ninar e de um chocolate belga comprado no Mundial a R$ 3,50.

Nesse 21 de dezembro extraordinário, embrulhado em um edredom molhado de menstruação, com cheiro de arroz-doce, eu iniciei com ela um plano de dominação global. Seu fracasso me levou a Niterói no sábado passado. Naquele dia ouvi a mulher mais linda que já conheci desde a primavera passada dizer que um beijo meu e o reboco da parede mereciam o mesmo destino: o esquecimento. Foi em nome desse mimo tão duro de pagar que descobri que o plano que tracei na noite de perdição do 21 de dezembro fedido a leite + *rice* + *sugar* + LSD resultou não em um egoísta estratagema de conquista internacional e sim em um manifesto comunista para assassinar Burt Lancaster e deixar Kirk Douglas na presidência.

Ai, coração, já não falo coisa com coisa nesta manhã.

delete without reading please

Volto em agosto.

Ou nas tardes de maio na Escola de Sagres.

Levantar âncora. O LP do Perry Como travou.

"Você ficou sem jeito e encabulada
Ficou parada sem saber de nada
Quando eu falei que gosto de você
Você olhou pra mim e decididamente
Você falou tão delicadamente
Que eu não devia gostar de você"

"Além de tudo", Benito de Paula

Não segurei a onda e decidi escrever novamente, aproveitando a sobra de tempo entre um trecho e outro da *Paixão de Cristo* que estou preparando para ser encenada só com afro-holandeses de ascendência peruana. Ando meio tenso com prazos para o aluguel. Portanto, tentarei ser breve antes que eu seja despejado por suspensão do pagamento do gás.

Lembra ontem que eu contei para vocês, J.(ulio) & M.(ônica), sobre Bruna, a garota de programa cujo aniversário eu comemorei numa casa de massagem em Lins de Vasconcelos, comendo bolo de laranja com glacê de menta? Pois então... Bruna decidiu tirar férias e foi viajar para Madri para fazer escovas japonesas com um coiffeur recém-saído do casulo. Mas antes de partir, sabendo do meu sofrimento pela Chinesa, cuja história de militâncias e perturbações espirituais eu relatar-lhes-ei em breve, a moça resolveu ser dadivosa e me dar... uma surpresa. Precisava de alguém apresentável para lhe acompanhar em uma cerimônia de fim ecumênico com seus pais, dois sátrapas paraenses seguidores da Ordem do Vegetal. Competia a eles, na hierarquia de seu credo, agendar uma macarronese em família, recebendo parentes e irmãos de Igreja. Bruna era a responsável por apresentar aos convivas uma barriguinha estufada de três meses de prenhidão, barriguinha esta que deixaria surpresos pai, mãe, avó e uma prima soviética que não se deu conta da queda do Muro, nem da vitória do Fluminense sobre o Flamengo em 1995 por gol de barriga de Renato Gaúcho. Estéril, mas com dozes quilos a mais em função de sorvetes e balas em demasia, Bruna já estava superficialmente pronta para a sabatina em clã. Só faltava um noivo postiço que pudesse apresentar como genitor de seu futuro rebento, que viria ao mundo natimorto. Como seu grande amor era, de fato, uma lésbica masculinizada às custas de hormônios, a moça só poderia levar à casa paterna um homem com H em sentido horário. Daí entro eu na história: limpo, empregado, artista e de olhos verdes. Quem estiver interessado, favor enviar um cheque para a Caixa Econômica Federal de Bonsucesso, endereçado ao Exército da Salvação.

Bom, alegre por me sentir útil para mais alguém além dos meus sete amigos de formação secundarista e do pipoqueiro cuja família eu ajudo a sustentar com quilos de milho emprestados mensalmente, fui ao convescote da Puta vestindo uma camisa do Super-Homem, um All-Star amarelo e um boné do *Chicago Bulls*. Lá chegando, agradei a todos ao cantar "O baile da saudade", de Francisco Petrônio, numa versão em polonês arcaico. De quebra, levei uma caixa de biscoitos de tamarindo recheados com mel e dendê.

Do episódio, ficou-me a memória de um tenor grego, fã de Woody Allen e marido de uma virgem etíope comprada na Cadeg numa festa portuguesa. O homem, chamado Vasilis, dizia-se tio unigênito de Konstatin Costa-Gavras e primo de terceiro grau de Zorba, não o de Anthony Quinn, mas o fabricante de cuecas. O grego, apolíneo, olhou-me nos olhos e disse: — Rapaz, vejo nas pupilas dilatadas do seu olhar-marola o brilho de uma asiática come-arroz que te causa inanição por amor e retenção peniana. Surgiro-lhe uma visita a um especialista em dores de cu e mazelas hepáticas que pode resolver seus edemas respiratórios. Chama-se Dom Tatão do Beleléu. Procure-o urgentemente. Diga que foi Vasilis. Não conto nada para Bruna.

Prepare-se, casal. A partir das próximas epístolas, vocês saberão como Dom Tatão do Beleléu me fez achar um atalho para o coração vazio da Chinesa, que me mandou há três meses um telegrama:

— Se você se comportar como um cavalheiro, eu aceito sorvete e cinema em Olaria.

Prefiro sacolé de uva.

"Se ainda existe amor;
Ainda existe condição
De tentarmos novamente;
Contornar a situação"

"Sinto muito minha amiga", Roberto Carlos

Dom Tatão do Beleléu sofria de gota, erisipela e relações parentais indiretas consigo mesmo. Reza a lenda que ele é seu próprio avô, mas nenhum genealogista até hoje foi capaz de escrever a mecânica cromossomial de sua hierarquia edípica. Sabe-se apenas que Dom Tatão nasceu na rua do Quiabo, em Rodeiro, MG, tendo sido concebido na boleia de um caminhão de nabos frescos. Talvez por isso prefira ambientes refrigerados, com acréscimo de ventiladores de teto e de uma cuba de gelo sobre seus pés cheios de nervos roxos. Sofria de comichão nos idos de julho, quando o inverno apertava ou quando lia *Noite de reis* numa tradução kafkiana comprada em um sebo português.

Tatão, que alguns chamavam de Tatau e outros de Pai Francisco, entrou na roda do esoterismo ainda garoto, depois de comer uma salada de banana-d'água com pepinos, regada a licor de romã. Pança cheia, tomou banho gelado, seguido de uma ducha quente, paralisando-se imediatamente sob a gota gélida atirada da ducha. Por baixo da fumaça, o garoto foi para o Beleléu e lá ficou, até ser puxado de volta sob os efeitos de uma rezadeira vesga, de traços helênicos, que lhe mostrou um dente de alho, cortando quizilas e rompendo os marfins do quebranto. Voltou diferente: conhecera a morte, com quem bebeu dois milkshakes de baunilha com calda de ovomaltine e três cerejas. Com a indesejada das gentes, aprendeu a recitar Carlos Drummond de Andrade em voz alta, a ler a sorte e a prever inflamações de vesícula, adquirindo logo em seguida clarividência e predisposição para receber caboclos. Numa sessão de descarrego, viu sua avó sair de uma banheira de vime nua em pelo e não segurou a ereção, produzindo as sementes de sua existência e um crime passional doloso que vara de família não explica. Trouxe do Além um exemplar assinado de *Os Lusíadas*, que guarda entre redondilhas e meias de veludo, preocupado em resolver poeticamente um teorema pitagórico que sugere a hipótese de cu de bêbado não ter dono. O seu tinha, por usucapião.

Do Beleléu, Dom Tatão só guardou boas lembranças e um LP do Kid Abelha de onde pincei uma melodia mirim sabor favo de mel. Foi Dom Tatão quem me deu tal regalo, incomodado com a sensação de que eu pudesse estar estafado com minhas malemolências morais. A Chinesa me tirou a vontade de sorrir e isso era visível. Hoje, por exemplo, fui dar aula de teatro em Conceição de Ibitipoca e quase fui morar numa reserva, entre lobos-guarás e pães de canela, desapontado com a espera inócua por uma mensagem telefônica, um torpedo de batalha naval, uma chamada a fichas ou um testamento. Meu amor pelo amor estava de férias forçadas por crises renais e pálpebras inchadas de terçol — mal que nem Dom Tatão do Beleléu, com sua taumaturgia vampírica, poderia curar.

Mesmo assim, relatei aqui meus avanços filosóficos advindos dos estudos alquimísticos e paracélsicos que desenvolvi como ganha-pão amparado nos conselhos do mestre mineiro. Foram válidos.

Conto:

Intermediado pelo supracitado Vasilis, que dizia-se tio unigênito de Konstatin Costa-Gavras e primo de terceiro grau de Zorba, não o de Anthony Quinn, mas o fabricante de cuecas, *"yo conoci"* a Dom Tatão do Beleléu numa parrillada à gaúcha em Coelho Neto, onde comemos pão de alho e picanha suína embebedados de groselha e Ninho Soleil. Gastronomicamente adulados pelos anfritriões, um trio de pigmeus Bandar gays nascidos no Congo e criados em Del Castilho, Dom Tatão do Beleléu e eu nos adotamos como tio e sobrinho às forças de uma canção de Roberto Carlos numa vitrola de cedro:

"Ah! Eu não queria que esse amor/ Chegasse ao ponto de uma despedida/ saber quem é culpado não resolve nossa vida/ Ah! Eu sinto muito, minha amiga".

Baladas e bebidas nos deram as chaves das portas da percepção. Planet Hemp!

De peito aberto, eu contei a Dom Tatão do Beleléu todas as minhas vergonhas, mostrando-lhe banhas e culotes. Falei que conheci uma mulher cuja beleza sintetizava todas as histórias de amor que amei sem tê-las vivido, superando em léguas os prazeres que só a saudade de uma namorada perdida em Inhaúma era capaz de me proporcionar. Contei a ele que a tal ninfa de imagens fluidas era chamada de Adriana Lee, por ter sido escalada como Chinesa de Godard num *remake* spielberguiano. Contei que a encontrei numa madrugada em Pendotiba, cheio de carinho (e balas Quen-Quen) para dar. A mesma, soberba, refutou-me com frieza. E antes que eu exclamasse meu repúdio ao ocorrido, Dom Tatão do Beleléu, oracular, antecipou-me, dizendo: "Não se nega um beijo a ninguém." E calou-se.

Foi este o seu conselho — o silêncio.

Fui para casa, convidei Frank Sinatra a me servir de espírito zombeteiro, comi amoras e morguei. Mas chorei. Chorei triste. Chorei os versos que queria ser capaz de escrever. Chorei as tardes de mãos dadas que ela não me deu. Chorei o lábio cor-de-rosa em sua boca de menina. Chorei os lírios do campo de Érico Verissimo de que tanto falávamos. E chorei a minha pouca maturidade para expor a vocês, no realismo mais moderno, mais sousandradiano, minha *love story*.

Vou dormir sozinho de novo.

A constatação de que não há nada mais triste do que uma cama de casal ocupada de um lado só me assombrará outra vez. E os relâmpagos do vento sul gargalham de mim.

Pelo menos chegou o gibi do Batman.

"C'est trop facile quand un amour se meurt
Qu'il craque en deux parce qu'on l'a trop plié
D'aller pleurer comme les hommes pleurent
Comme si l'amour durait l'éternité"

"Grand Jacques", Jacques Brel

Era a meta do Bonsucesso Blues se tornar uma réplica do Museu do Homem na riviera leopoldinense. Suprir de joio o trigo da Praia de Ramos e alimentar de hemácias frescas o sangue de poeta nas veias de meninos aspirantes a Picasso. Nas paredes, ele aplicou Frank Miller como cortina. Decorou vitrais com recortes de Matisse de *Os gênios da pintura*. Tirou Bracque de um livro da sexta série. Do segundo grau, vieram reminiscências de Dalí. Alguns conselhos de Ferreira Gullar também foram de grande mais-valia, que só acabou quando seu Edgard virou o porteiro oficial da obra. Era inquieta a pulsão que o movia. Buscapés coroavam-lhe os calcanhares, protegendo-o do frio. Mas o Bonsucesso Blues teve seus dias de Champs-Élysées contados num ábaco comprado nas Casas Pedro. O que nasceu galeria, findou-se gafieira, com dança de salão aberta ao público e pista de atletismo fechada para balanço. *Remo, desarmado e perigoso* corria em reprises no *Intercine* quando os pedidos de suporte público para editais pictóricos foram vencidos, restando caixas de som no lugar de rascunhos de Renoir. Na era da reprodutibilidade técnica, Benjamin era o nome do vizinho baleiro, que adoçava lábios murchos com a chamada Xereca da Xuxa, um doce de leite em formato vulva, próprio para pré-punheteiros.

O estatuário do Bonsucesso Blues não dava lugar às instalações que Etecétera ambicionava nas noites de Lua Cheia. Por tédio fatal da imortalidade, ele sonhava com modelos de Alex Raymond voando para Mongo em foguetes movidos a gás de cozinha, pois butano é um símbolo de democracia. Mas, coitado, ficou só com balões rosados comprados na Magal e alguns extintores de última moda de CO_2. Foi por sina que o único presente que a Chinesa lhe deu — em contrapartida aos 814 que recebeu — foi um chaveirinho de Klimt, acompanhado de um drops de bala Kids sabor café.

"Awake again, I can't pretend
That I know I'm alone,
And close to the end
Of the feeling we've known.
How long have I been sleeping?
How long have I been drifting along through the night?"

"Late for the Sky", Jackson Browne, *Taxi Driver,*
The Original Soundtrack

"Oh simple thing where have you gone
I'm getting old and I need something to rely on
So tell me when you're gonna let me in
I'm getting tired and I need somewhere to begin"

"Somewhere Only We Know", Keane

"E o Sol já não brilha
As flores sem perfume
Natureza ausente
Numa vigília a fora, oi"

"Coisas da vida", Roberto Ribeiro

Tenho ouvido música demais pois comprei um iPod e um primo antroposófico sugeriu que eu transferisse para o digital os sons da natureza. Ouvindo Kítaro voltei às vidas passadas que vivi pelo meio e regredi ao útero materno para um estágio com certificado do CIEE. Quando menino pé no chão, pulando porcos num gesto típico do Adeus, o morro de Bonsucesso, nunca tive vocação para rei, embora vestisse chapeuzinho de soldado embrulhado a Globinho em todo 7 de Setembro. Por isso Dom Tatão do Beleléu, preocupado, não se conformou bem com a minha desilusão. Aliás, nem ele, nem ninguém que soubesse as preposições e os Sete Pecados do Café Capital de cor e salteado. Como eu só era bom para memorizar tabuadas e coquetéis molotovs, saía-me sempre enxuto das situações. Mas o amor, que deleta cartesianices e a linguagem Cobol, não se dá bem com sinais gráficos do dois vezes dois ou aritméticas que o valham. Por isso, Tatão do Beleléu fez feitiço, usando chá verde, alpiste seco, búzios abertos, perucas Lady e um saquinho de estalinho. O efeito foi melhor do que o esperado: continuei na fossa, mas perdi três quilos e um dente careado nos fundilhos do maxilar. Mas meu guru para assuntos ecumênicos entrou em depressão, apostando na bolsa todos os seus tostões. Algumas ações da Leopoldina Railways deram resultado. Outras redundaram numa condição de sócio minoritário das Casas da Banha e a posse sobre 500 unidades do LP *single* dos Porquinhos do CB, que estão aqui para divertir você.

Dom Tatão do Beleléu, estagnado, decidiu seguir o conselho de sua irmã, Das Dores, e foi à Puta Que O Pariu, usando um fusca roxo como condução, fazendo baldeação em Realengo e tomando um Guaraná em Cascadura. Demorei até ter notícia dele novamente. Mas guardei seu apreço por estrelas cadentes e filmes com Burt Lancaster, a quem a Chinesa queria que eu matasse em um plano de desarmamento dos Estados Unidos de Paquetá. Aliás... barca nem pensar. Foi uma barca que me levou à Chinesa no Sábado de Aleluia em que ela desceu sua katana sobre a minha subjetividade. Por sorte, o LP do Roberto Ribeiro que achei debaixo do colchão vai aliviar as minhas confissões e abrir precedentes para que eu fale da Leoa Negra, a mulher que se predispôs a me fazer gozar em tcheco, lendo-me romances policiais com a língua sobre a minha nuca quente e suada.

Antes que eu conte da Leoa Negra, que foi vivida num sonho e num frasco de pastilhas Valda, preciso deixar evidente que a necessidade da Chinesa por morte vinha de seu descontentamento com seu pai, um sacerdote fenício que se perdeu no mar ao tomar um porre de rum em Maracangalha. Como o velho era de pouca sabedoria e muito empreendedorismo, ela se deixou num limbo matriarcal, ouvindo o que sua mãe, representante de uma loja de tintas e vendedora autônoma da Avon, pensava e filosofava sobre a existência.

E nos anos 1960 hipotéticos que ela, menina de Ciências Sociais da UFRJ, acreditava viver, Burt Lancaster estava a sete dias de maio todo dia, parecendo-se com o presidente do centro acadêmico neoliberal que ela tanto queria descartar. Não atirei no rapaz, mas quase deixei que me matassem durante uma tentativa de assalto à vendedora de Yakult do meu bairro. Mas lactobacilos sempre vivos lavaram as más ideias da minha cabeça. Deixaram apenas saudade.

Chamava-se Renato Etecétera e já não conseguia mais falar de si no presente. Não podia mais falar: amigdalite crônica. Incomunicabilidade. Antonioni passou por perto.

Vestia preto. Sem gravata. De coleira. Velcro que espeta. Silencioso. Pediu que eu ocupasse suas mágoas e estampasse na blusa as chagas de Cristo. Senhor morto. Posto. Inquilino. Aluguel pago. Eu em débito. Assumi seu posto. Sua terceira pessoa. Caso reto. Etecétera e tal. Ele e a Chinesa. Ele, a Chinesa e um filme do Godard. Concretismo: ela disse "Não!", levou o namorado na festa, bateu-lhe a porta na cara, rasgou sua blusa, chutou seu saco, plantou árvore e não lhe deu um filho. Foi egoísta. Ele pensou em mim. Dois e dois e quatro. Ele mais eu. Etecétera e exclamação. Eu-Narrador. Defunto autor.

Peguei no armário dois discos dele. Um vem a seguir. O primeiro: balada de amor perfeito. Tudo que o Etecétera queria e não tem. Ela se foi. Meteu o pé. A Chinesa é a casca inchada de uma ferida seca. A Chinesa é a lembrança que Etecétera tem de um sábado de pó e areia. A Chinesa é o soluço que gera invenção. Decepção. A Chinesa é esta história realista. Manchete dadaísta: "Viva os loucos que inventaram a paixão!". A Chinesa foi a rosa que o Pequeno Príncipe plantou num vaso de manjericão. Temperou demais.

A Chinesa hoje ri dele, que se impôs de menos.

A Chinesa é a chinesa que fabrica tênis em Taiwan. A Chinesa está dentro dele e de mim, como um câncer. Chinesa é a namorada que embrulhou suas coisas num pano de mochila roxa e saiu, deixando a conta do gás, fotos de amebas e 2,5 anos de dor. Nem o bombom de menta levou.

A Chinesa é a difteria diarreica de uma prosa sem pontos que queria ser sombra e se sonhou poema.

A Chinesa é castroalvista: fugiu com um negão e negou-lhe um beijo.

Etecétera é o ponto que a vírgula separou.

Volto já.

"Faça de conta que o tempo passou
E que tudo entre nós terminou
E que a vida não continuou pra nós dois"

"Caminhemos", Herivelto Martins

Na velocidade dos anos da vida, eu perdi minha alma. Depositei no banco e me descontaram os fundos. Agora passou. Só que deixou a conta em aberto. Foi o que fez comigo o risco, o rabisco. Nem saberia como começar, mas eu preciso tentar, pois pode desopilar vasos entupidos — inclusive uma porcelana chinesa comprada no Paraguai. Vou tentar falar dos motivos que me fizeram perceber a hemorragia. O sangue vertido brotou quando saquei que a vida não estava a fim de nos viver muito bem. Éramos poucos, mas unidos: ele, Renato Etecétera; eu, narrador; *it, The Goalkeeper*; Dom Tatão Que Veio do Beleléu; e ela, a Chinesa. Eu não sei se o que conto dá poesia, mas era para ser naturalismo ou dígito barroco. 0s e 1s. Amarelinha binária. Talvez você queira me dar dois dedos de prosa. Talvez eu devesse falar de Godard ou dos velhos filmes que víamos nas comunas de Outubro. Ou relembrar a revolução. Tenho desenhos em casa que ajudariam. Mas vou direto ao ponto e expor os cortes no pulso e o meu desejo de me despedir de vocês. Falamos a três: Eu-narrador, J.(ulio) & M.(ônica), pares em casal. A porta está aberta. Mas tô sentindo náusea. Foi o chumbinho. Já passa.

Beijos.

"Bang bang, he shot me down
Bang bang, I hit the ground
Bang bang, that awful sound
Bang bang, my baby shot me down."

"Bang Bang", Nancy Sinatra

Acordou Kill Bill — Volume 3, sem pasta de dente, com cárie e gosto de navalha na garganta apodrecida de dor. Pastilhas não surtiriam o efeito que um porre de noite de abril desencadeou em sua pele flácida. Renato Etecétera — falo dele para falar de mim — bebeu doze Skols com Alka-Seltzer e rodelas de carambola estrelada antes de se pôr a sonhar com a secretária do dentista que mordeu seu prepúcio numa madrugada fria. A caridade humana não tem paga. Sobretudo a caridade karismática de uma moreninha autoproclamada ressurreição de Hannah Montana que examinava caninos brancos fazendo-lhes uivar no sereno do suor abafado. Etecétera sentiu seus primeiros pontos de reticência sobre a carne tenra do abismo quando beijou de língua a secretária besuntada de nicotina que lhe deu a mão e arranhou suas costas, encostando a cabeça em seu ombro pedindo afagos. Fênix negra é pouco. Era poesia de outono pedindo para passar. Poesia transitória, visto que a moça não era de donos, de abrigos, de agasalhos. Era de Lua Nova e outros eclipses. Mesmo assim, ofertou-lhe as gengivas e os olhos ternos, confundindo a cor dos dele.

Estava em Dia de Reis. Chegava a hora de deixar na geladeira suas dores asiáticas e godardianas e se concentrar na realização de projetos pessoais, começando pelo Bonsucesso Blues e uma festa para Seu Nunes Asgardiano Paiva, detentor do gênio Paivadim em uma lâmpada ancestral.

Saberemos a seguir.

"Yo, I got that hit that beat the block
You can get that bass overload
I got the that rock and roll
That future flows"

"Boom Boom Pow", Black Eyed Peas

Começou depois de uma sessão de *Ânsia de amar*. Meio assim. Assado ou frito. Percebi no devaneio *à la* Werther de Art Garfunkel que seria uma ponte pro infinito a vontade de Renato Etecétera em dar corpo à sua própria utopia. Baixei a guarda das metáforas por isso. E saí para o mar. A utopia Etecétera era suburbana como seu olho verde-azulado: inaugurar uma casa de shows num terreno baldio de seu bairro natal. Bonsucesso Blues. Chamar-se-ia assim. Assado ou gratinado. Com limão. E ervilhas negras. Deu Black Eyed Peas na vitrola até a hora de o Sol raiar. Autor teatral, desenhista bissexto, punheteiro convicto e ex-funcionário das Casas Morada, Etecétera juntou tostões, pagou empréstimo, vendeu o pâncreas e se prostituiu em cinco línguas para montar um iate clube de regatas em plena Zona da Leopoldina. Abriu regado a *black music*, algodão doce e drinques vermutados. Na varanda deixou bandeirolas, alguidares com farofa fresca e mijo de maçã.

No telão improvisado na parede, exibia Humphrey Bogart, episódios de *He-Man* e clipes do Erasure.

Em "I love to hate you", a Chinesa chegou. Trazia pergaminhos entre os dedos, varinhas de condão e três tomates. Não usava calcinha. Mas falava russo e dissertava sobre a efemeridade do sódio de se desmanchar no ar. A Chinesa era o Tratado de Tordesilhas: a Lisboa nos Açores e açafrão. A Chinesa dormia com um urso rosa e sutiã. E arranhava o lençol. Demorou a descobrir isso. Mas no 21 de dezembro que separou Confederados e Ianques, ele sentiu o cheiro do hálito da Chinesa em sua imaginação ganhar vento. E a língua do vento era o idioma do dia, da noite e do Natal. Com árvores, nozes e filmes perdidos nas caixas de guardados.

Jingle Bell.

"Sentado no meu quarto
O tempo voa
Lá fora a vida passa
E eu aqui à toa
Eu já tentei de tudo
Mas não tenho remédio"

"Tédio", Biquini Cavadão

Mormaço no cimento, solas fervidas. Fazia Sol quando Renato Etecétera comprou balões, sacos de Skinny, guaraná Paquera sabor maçã e alugou um pônei rosa. Foi naquele dia — 21 de dezembro, como já se esperava, ou data similar — que ele preparou a festa que redefiniria seus caminhos e sua fé. Vocês, J.(ulio) & M.(ônica), devem estar reparando na minha insistência em falar Ele, Dele, Com Ele ou A Partir Dele, nas maiúsculas e minúsculas. Não configure esse desejo como arrogância ou pretensão. Renato ouviu o CD *Ploc 80* ou LPs da mesma cronologia quando peguei sua cabeça e me fiz sorrir. Falo por ter sido a testemunha de seu rejuvenescer, de sua brincadeira de roda, das canções de Gil que ele entoou em sânscrito ou línguas sepulcrais de ontem ou antes de ontem. Faço-me presente porque sinto a falta dele e porque ainda temos muita coisa para conversar e pôr no prelo, selo a selo, e-mail a e-mail. *Server not found.*

Na semana que vem, Renato e eu entraríamos no caratê do Mestre Kim, mas não conseguimos vaga. Eu não consegui. Renato se foi. Morreu por fora. A morte dentro, que o consumiu por meses, maligna, magra, preta e caroçuda, deu trégua naquela quinta-feira pré-natalina de porra no lençol e mordida no pescoço. Renato enviou por UPS, com laço de fita, uma caixa com balões, um pacote de sopinha de mandioca ao bacon, guaraná Paquera sabor maçã e um pônei rosa alugado, que veio em partes, com arreio e cabresto. Diante das prendas, a Chinesa sorriu, melou, correu e mamou o leite na possibilidade.

Em resumo: a Chinesa era petista, anarquista, dubladora da Chiquinha, química de alimentos e estagiária do Educandário Santa Clara de Pirapora, com especialização nas artes da manipulação genital tântrica, fotografia desbotada e verso livre. Mas sua principal ocupação era Michael, físico quântico, líder de uma célula comunista na Tijuca e debatedor dos textos de Althuser. Era ele também o pai ou quase-pai do feto que a Chinesa abortou comendo chá de chocomenta com granola e vidro moído, mais três doses de penicilina com Sprite gelado. A pobre Chinesa trocou Godard por São Judas Tadeu depois que Michael roubou suas economias, chutou-lhe a barriga abortada e disse estar trepando com Marcinha Honolulu, acompanhante de idosos e tradutora de Trotsky, que prometeu-lhe o extermínio compulsório dos judeus e dos descendentes do Conde D'Eu. A Chinesa, que pena!, era prima de Maurício de Nassau. Outro ramo. Pedigree de pobre.

Só, rasgada, mascada e fedida a peixe, ela aceitou meus presentes, ou melhor, aqueles que eu ajudei Etecétera a postar e nos deu. Amor.

A Chinesa, que ouvia boleros do Trio Los Panchos nas tardes de setembro, usava calcinha lilás, tinha mamilos pequenos e miava no gozo. Fazia um sussurro estranho de decifrar da boceta-esfinge que me tratava por Laio e se autoproclamava Jocasta, ao suar e receber as regras vermelhas. Jocasta, a boceta, era jogo de armar: octaedro, tinha oito vértices que se abriam na língua, à espera de pau quente. Jocasta, sino-boceta que todas as calcinhas da galáxia gostariam de cobrir, era a Chinesa sem voz e causas protestantes. Era a minoria absoluta da maioria partidária dos votos de Minerva. Era a vacina antirrubéola que curava caspa. Era a liga polipeptídica dos campeões. Jocasta acolheu Etecétera e pediu plus. Jocasta rebolava ao som de Gera Samba como se estivesse no Bolshoi em outubro. Jocasta era a Chinesa sendo Etecétera e tal. Ou sendo minha, como eu quisera que ela fosse. Ela e as que me disseram "Não!" ou as que moravam depois da ponte e nadavam nuas na minha saudade. Eu lambi a unha pintada de vermelho da Chinesa e deixei que o esmalte fosse senhor da minha boca.

Amém!

Voltamos já.

"Uma vez você apareceu em minha vida
Eu não percebi você de mim se aproximar
Não sei de onde você veio e nem perguntei
Talvez de alguma estrada que eu ainda não passei"

"A cigana", Roberto Carlos

Era Sábado de Aleluia quando Robert Taylor chegou ao versículo 13 de *Quo Vadis*, com Deborah Kerr, propagando sua fé nos homens de boa vontade e sua esperança de rever *O milagre de Nossa Senhora de Fátima* na *Sessão da Tarde*. Fomos todos, Robert Taylor, Frei Damião, Bob Marley e eu acometidos por um ato de contrição romanesco quando soubemos da conversão de Renato Etecétera ao credo da Boceta-Jocasta, que abriu o Mar Vermelho em dias de menstruação da Chinesa. Águas rubras se abriram com direito a um grelo de fôlego olímpico. Durou pouco a prosperidade ecumênica do cu que florescia feito um cravo roxo de Rimbaud sempre que o pau Etecétera lhe fazia festa e reizado. Juntos, Jocasta e um peru metido a homem-bala se educaram no samba e aprenderam a dançar a ciranda de Lia de Itamaracá com laços de fita amarela e pedacinhos coloridos de saudade. Era carnaval no Bonsucesso Blues, longe da nefasta brigada cossaca de Michael e seu exército de petistas desvalidos pela cartilha frankfurtiana do comunismo tardio. Esse era exatamente seu medo: a certeza de que o Carnaval precede a Quaresma. E na Quaresma, a apoteose do gozo dá lugar a cuícas que gemem o léxico da dor.

Etecétera levou a Chinesa ao cinema em uma quarta de nuvens e sons de aboio e juntos viram *A festa da menina morta*. Ele escrevia uma peça para o diretor do filme, a quem estimava com carinho e respeito. Ao fim, ouviu um aforismo: "Quem tem medo da dor tem medo do dia e da noite." Por isso, Etecétera aceitou as incertezas e as hipóteses.

"Eu vou lutar contra a tristeza,
E vou ganhar,
Depois eu deixo o meu corpo cansado,
Pra você ninar."

"Estou lhe devendo um sorriso", Jair Rodrigues

Narciso na sala escura, Etecétera embalava-se no abraço da Chinesa, que ronronava quando lhe apertava a coxa esquerda. Dispositivo: ficava mole-melada-molhada-moleca com a mão deitada sobre a pernoca definida no bate-bate das ruas, em treze sobes e doze desces. Degraus. Bonsucesso Blues não tem elevador, só corrimão. E um palco italiano. Era lá que Etecétera ensaiava Calderón de La Barca com polvo à vinagrete e endívias, servindo suas inquietações de aperitivo, em palitos de dente com azeitona. Foi lá que a Chinesa leu *Serafim Ponte Grande* em tradução para o gaélico, miando monólogos enquanto deixava Jocasta tomar banho na saliva de Etecétera, banhada no soro caseiro do tesão que abraça, entra e mata. No fundo, um LP do Jair Rodrigues, o mesmo de onde garimpei a pepita acima, embalava a rinha do galo e da galinha como *shoyo* na carne do Oriente.

Marco Polo dos caralhos duros, o pau de Etecétera, certa vez batizado de Sinatra por uma cabrocha bela da Barra da Tijuca, fazia de Jocasta sua águia Portela de asas abertas e tinta azul, voando deusa pela Edgar Romero a fim de ninho no saco alheio — no caso, o dele. Etecétera, o tal. Foi num voo desses, em Lua de chuva e vento frio, no palco amortecido a edredom do Bonsucesso Blues, que o pau-Sinatra de Etecétera teve uma estarrecedora revelação ao constatar que Jocasta poderia servir de oráculo a seu dono. No ringue de uma phoda com ph ácido, enquanto a Chinesa sussurrava ideogramas da dinastia Ming e trechos de *O Capital*, o pau-Sinatra de Etecétera ouviu Jocasta cantarolar Adoniran Barbosa: *"Eu não vou pedir,/ mas se você quiser me dar/ Aquele beijo, ao qual eu faço jus/ Espero você entrar, acender e apagar a luz."*

Jocasta falava, cantava, tocava Altamiro Carrilho na flauta doce e ainda tinha faustosos conhecimentos de MPB. Fazia caipirinha de lima da pérsia no verão também. Era a joia mais preciosa das minas do Rei Salomão. Por isso merecia especial cuidado. E atenção. Dela brotavam jatos de suco e postulados científicos de química pura e aplicada. Bastava perguntar, pagar um óbolo de qualquer valor e se deixar embevecer por previsões do tempo, clarividências sobre o amanhã e interpretações divinatórias sobre o desfecho da próxima Copa do Mundo. Roxinha por dentro, com tons de rosa nas bordas e pouco cabelo na "testa", Boceta-Jocasta era o atalho para o desvelamento do enguiço que poderia separar a Chinesa de Etecétera. Ele, esperto, artista, adaptador de Eugene O'Neill para o português, pressentia que a presença da moça em sua vida não passava de um paliativo para a tosse seca na garganta dela que, vez ou outra, rouca ficava de clamar por Michael e seus ensaios sobre Engels. Até convivia bem com isso. Etecétera sempre fora raspas, restos, danos, cárie no dente. Ser um capacho da Chinesa era parte da biriba que jogava contra a vida, apostando a alma que leiloou a alto custo quando passou para o mundo das artes. Etecétera nasceu quitandeiro como o pai, pintor de parede como um padrinho perdido e sonhador por gene lusitano. Mas Hamlet levou o filho do quitandeiro pela mão até as veredas do príncipe da Dinamarca, onde algo de podre espreita quem é pobre de bolso e monarca em toda a sua perseverança. Hamlet fez Etecétera entoar o som e a fúria na trombeta de Gedeão. De bônus, deu-lhe a Chinesa, inteira na Boceta-Jocasta, meia-Lua que flertava com Fellini e assistia *Amarcord* quando voltava do ginecologista. "*Io mi ricordo*", dizia ao chegar do consultório onde o vigia da casa do caralho lhe curava dos aromas chocos e das coceiras de qualquer entusiasmo descuidado. Uma vez com Jocasta, o "ser ou não ser" de Etecétera diminuía. Bastava perguntar: "Grelo, grelo meu, existe Chinesa mais minha do que esta?" E Jocasta respondia: "Saiba, ó príncipe, que, entre os anos em que os oceanos tragarão a Atlântida e os anos em que se levantarão os filhos de Aryas, haverá uma era hiborianamente gélida — condensada até a miologia dos nervos bárbaros de Conan — em que vais tombar por sobre o peso de um calibre 12 no peito. Um beijo de Judas dirá seu destino."

Jocasta falava de Murchinho, velho parente de tempos que não voltam mais cuja obsessão era fazer do Bonsucesso Blues seu antro para escambos ilícitos, trocando favores narcóticos por prata impressa e boquetes sazonais.

Era um erro mantê-lo. Mas o passado e o fardo de pagar o carinho de uma amizade com a atenção tornavam esse erro inevitável.

Acompanhe....

"Morre-se assim
Como se faz um atchim
E de supetão
Lá vem o rabecão
Não não não não não não não não"

"Morre-se assim", Caetano Veloso e Jorge Mautner

Murchinho era fruto de uma diáspora social iniciada em meados dos 1990 na Terra Santa do Bonsucesso Blues. Aconteceu no mês de maio ou outro mês qualquer que invejasse a predisposição matrimonial de maio. Entre noivas de véu, um estouro de granada mudou a vida de Etecétera e a minha, Eu-Narrador. Por isso vou permitir que ele aqui apareça, entre cascas da lepra seca e outros rabiscos de giz. Maio matou Orlando Jogador, chefe da organização criminosa que mantinha una a Pangeia ilegal do chamado Complexo do Alemão, com sua germânica tendência a genocídios em massa. Nazismo na veia — e alguns outros psicotrópicos "suásticos".

O Sol nascia impreterivelmente às 5h45 nas Cordilheiras do Alemão, trazido pela mão veienta do *Telecurso 2º Grau*. Entre trigonometrias e silepses de gênero, raiavam as pitangueiras e os pés de saião-que-fortifica-pulmões-carcomidos-de-enfisema-e-afins. Em tardes de outono, o Sol quarava a cachaça que escorria de lábios bêbados. Quarava e caiava a tinta das cercas perfumadas pelo carro de peixe da Sardinha Daúde (variante Guimarães-rosiana para "graúda"), que trocava garrafas vazias por sacolés ou pintinhos de penugem roxa.

Foi nesse Camboja teuto-lusitano que Orlando Jogador tirou o coringa no baralho que dividia com Ernaldo Pinto de Medeiros, vulgo Uê, o Senhor do Adeus.

Uê era, à sua maneira, o santo dos assassinos que abençoava Renato Etecétera em seu caminhar pela praia. Um herói Robin Hood. Diz-se no morro: quem rouba dos ricos para dar aos pobres, além de ladrão é viado. Uê não cai nem numa categoria taxonômica nem noutra. Uê foi o Hegel da Zona da Leopoldina que alvoreceu dos 1980 para os 1990. Rezava a lenda que Uê teria explodido um depósito de gás para expor sua periculosidade. Bum! Cabum! Exclamação. Rezavam beiços pagãos que ele se fez filho do Diabo numa sexta-feira azulada no cruzeiro do Itararé. Pontos cardinais são dispensáveis. Prefira os filmes de Charles Bronson, que não sorria. Uê Bronson sorriu para Lúcifer e se protegeu no corpo fechado de um colete à prova de balas.

Pergaminhos ilegíveis documentam os dias da juventude em que o Bonsucesso Blues parecia ser um empreendimento na linha da Faber-Castell automotora do filme *Tucker, um homem e seu sonho* made in Vinícolas Coppola. Eram dias em que Dos Anjos, a Mãe-Etecétera, quitandeira e cozinheira ocasional de cuscuz, subiu correndo a rua, de mão na cabeça e saca de inhame pendurada no braço, gritando: "Estamos em guerra! *Uncle Sam wants you*". Noticiava ela em manchete que Orlando Jogador emboscara Uê sonhando tomar-lhe o Adeus e dar tchau por sua própria conta. Uê era um aristocrata do pó, com conexões de recepção de drogas diretamente da Bolívia, sem atravessamento de espinhas na garganta. Jogador, por sua vez, era um Corleone de terno sem bainha que colimava passar para o eterno com pompas de imperador. Responsável por baixar os brios dos bandidos do perímetro que nascia em Ramos e morria numa Penha bélica, ele se fez Iago e espalhou notícia de que Uê estaria tramando matá-lo para se tornar o guardião da pólis. Com o falsete, Jogador teria a simpatia de toda a marginália, provando nas crateras de sua língua o gosto vinho-totem de ser cacique sem pajés.

Mal sabia o pobre "Player", quer dizer, o Jogador, furioso em seu status de Orlando, que o Diabo soprara no ouvido de Uê toda a verdade com prévia para planos. Preparado para a trairagem, Uê levou revólver cheio no coldre e despejou no rival um tambor de crioula que despertou toda uma geração, a minha, de Etecétera e de Murchinho, para o fim da inocência.

— Talvez o Eu-Narrador, grata pessoa, não lhes possa explicar com o drama certo a tragicomédia que eu vivi em eras pré-Chinesa, quando o *Show do Antônio Carlos* na Rádio Globo, com suas promoções de Frango Rica e as previsões horoscópicas de Zora Yonara, fazia a gente acordar febril com notícias de sangue e de morte. Posteriormente, a contagem de cadáveres de adolescentes (como eu um dia fui) pesou na popularização de mitos refeitos, caídos em lendas. Era lendária a hipótese de que passar pelas cercanias do Adeus, em especial a Vila Cruzeiro, seria sentença de morte declarada ou, no mínimo, uma surra expressa. Eu, Etecétera, ouvindo Francisco Petrônio no walkman testemunhei gerações e gerações de meninos produzirem *scat* nas cuecas com medo do folclore urbano da Zona Norte.

Dos tempos em que o Itararé era terreno baldio, tão próximo do pântano onde Etecétera, meu caro amigo e caro alter-eu, ergueria seu Bonsucesso Blues, data a vontade de potência de Murchinho, devir-bandido, batizado José Manoel dos Dentes Podres de Maria-Mole. Murchinho era primo, encosto e desgosto de Etecétera, que devia aos traficantes e invejava o determinismo indeterminado do conviva: hoje um Gerald Thomas da Praça das Nações. O ranço de uma inveja mal-resolvida provocou o terremoto que a Boceta-Jocasta antecipou. E gozou. Gozamos nós. A sós.

E Francisco Petrônio cantando "Salmos" de Marino Pinto e Zé da Zilda levou-me às lágrimas ao entoar: *"Aos pés da Santa Cruz/ Você se ajoelhou/ E em nome de Jesus um grande amor você jurou/ Jurou mas não cumpriu/ Mentiu e me enganou/ A mim você mentiu/ Pra Deus você pecou"*.

E *In God we trust*. Tenho certeza que meu Exu há de entender.

"Não tenho que pedir
Não sei o que pedir
Se tudo que desejo é paz
Que culpa tenho eu
Se tudo se perdeu"

"Que queres tu de mim", Altemar Dutra

Meses antes do 21 de dezembro que a Boceta-Jocasta revelou a Renato Etecétera seu ponto final, ele se sentia devorado por coceiras inexplicáveis pelos oráculos dermatológicos. Não era, de fato, comichão de sete anos, sarna, falta de banho ou ressalvas higiênicas. Etecétera coçava a carne tentando acariciar as crateras do espírito, fundas e secas. O poço tinha um balde furado, de onde vazavam litros de cólica e a saudade de um encontro que atenuou os pregos nas plantas de seus pés. Os pregos tinham ferrugem. Tétano moral: abandono. Coisa que ele não sentia ao lado de Foxy Brown das Dores.

Estudante de necromancia num colégio de freiras, Foxy Brown das Dores era o Biotônico Fontoura de Etecétera no declive da falésia. Bastou um beijo nas escadarias do Metrô do Catete para que ele se sentisse ferro fundido após meses de papel crepom. Foi o ladino Jardan da Costa, amigo de colégio do meu eu-intimidade, quem levou Etecétera à beldade ébano que gratinava berinjelas e assoprava cânticos russos enquanto conjurava querubins caídos nas tardes de julho. No furúnculo inflamado de pus deixado pela águia rubra vinda da China, Foxy Brown semeou furacões e castanha-do-pará.

Criadora de cães de sete cabeças, Foxy Brown doava encanto ao mundo em doses fartas, levando nos bolsos fetiches de tempos ancestrais. Etecétera a experimentou em uma noite regada a água de coco e molho ranch. Experimentou o que pôde: era moça de conquista, Cruzada para Constantinopla. Era preciso ser paladino para beber do mel mascavo de Foxy Brown. Mas cruzar as ruas do bem seria um exercício prazeroso para Etecétera.

Foxy Brown foi peça de teatro, mão dada, abraço e carícia sob lençóis. Merecia rosas, mas ganhou meias do Pernalonga, de quem era devota. Calçava hipóteses de primavera e fazia Etecétera se pentear sem gel e pontuar sem exclamações. Apareceu nos personagens que ele escrevia para a TV e se sentia lisonjeada de princesa. Carregava nos ombros beijos que ele lhe dava na pele da omplata perfumada. Era valsa e balé.

Foxy foi viajar, mas deixou omelete de queijo na geladeira e amor de reciclar pó em ouro. No ataque da Chinesa estava longe. Não ouviu a Boceta-Jocasta cantar.

Deixei de crer na humanidade depois de uma maratona dos seriados do *Hulk*. Sabe aquela musiquinha que tocava ao fim dos episódios, com Bill Bixby voltando na chuva? Era assim que Etecétera se sentia. E Murchinho, nêmesis de botequim, era um espelho dessa mágoa que o oprimia. Do paladar da estrada em sua língua. Etecétera era Cristo ou um quase Cristo quando aconteceram as profecias previstas pela Boceta-Jocasta em cânticos neoconcretos. E em seu derrame soou no céu o pianinho que embalava o Hulk em suas andanças. Embora acreditasse nos orixás, no Negrinho do Pastoreio e na Estrela de Belém, Etecétera era mais fiel, religiosamente fiel, ao choro do Incrível Hulk, pois a solidão de ambos era similar. Ele também se sentia um golias abrutalhado quando lembrava que sua geração, em massa, foi dizimada no comério de drogas de sua terra natal, restando a Bonsucesso ele e um vizinho protético na idade dos 33, sem filhos, cheios de sonhos e carregados de remorsos pela sobrevivência. Se o Hulk carregava a bênção-maldição da força, Etecétera portava em si o eclipse da resistência que torna noite em dia e amanhã em auréola. Despertava pelas manhãs a sós, mesmo comigo a lhe observar na lonjura da confissão, com o pau duro e o braço carente de abraços, agarrado no lençol sujo de suor, vômito mudo e coceira na virilha. Tinha os pés roxos também quando o Sol entrava pela sua janela, clamando por vida e banana-prata na fruteira.

O hino dos raios gama de Hulk era a pista de que a vida cheirava a chão pisado e teclados desafinados. Mas ainda assim, Etecétera fazia justiça ao nome e deixava o leito do rio correr. E, vez por outra, molhava os pés na madrugada. Era quando rascunhava suas histórias: dramaturgo-xerox, reproduzia as angústias de Shakespeare em formato pigmeu, adaptando Júlio César para o Cais do Porto e reproduzindo as charnecas de Macbeth nos frigoríficos da Cibrazem. Sua vontade era que o Hulk aparecesse em suas peças. Aquele Hulk da TV, solícito, amadurecido, desejoso de alguém que o protegesse. O Hulk usava calças roxas. As de Etecétera tinham as barras sujas de humilhação. E era assim, somente assim, humilhado, que ele andava. Pois fardos e mochilas cheias lhe faziam compensar a culpa do progresso com o esforço. Daí a Chinesa... Tão difícil. Tão etérea. Godard + Etecétera: o Hulk.

Tan-tan-tan-tan Tan-tan-tan-tan

Por ordem régia, venho aqui esclarecer que a vasta cultura nos pelos pubianos (de penteado moicano) da Boceta-Jocasta é fruto de um estágio nas Casas Maranguape. Lá, com direito a adicional noturno, a xota de geometria euclidiana entretinha metalúrgicos com uma siririca literária, batida nas páginas de padre Antônio Vieira e nos parágrafos tenros de Joaquim Manuel de Macedo e sua piroga mágica. Agradecimentos a Brian de Palma, cuja filmografia a Boceta-Jocasta devorou em tardes de VHS, comendo Zambinos e bebendo Quick de morango com vodca.

"The damage is done
And I feel diseased
I'm down on my knees
And I need forgiveness"

"To Have and To Hold", Depeche Mode

Fora batizado segundo preceitos de uma tabela periódica comprada em Vilar dos Teles a R$ 2. Tabuada. Somava senos e cossenos de elementos químicos. Perdia-se nos metais e envenenava-se a fluor na farmácia. Comia Colgate e arrotava bolhas de vento. Fazia tudo isso para entender o que se passou e para perceber-se mais do que um balão de ozônio flutuante. A camada de alegria em sua face deu buraco, cupim, traça e bolor. Comprou uma touca ninja para disfarçar a caspa, mas não conseguia diluir o enjoo nem a falta de acentos. No interesse por ciências, passou no laboratório e comprou magnésia bisurada. Misturou com Fanta Uva, dois chicletes, um risoles de milho e duas paçocas. Delicadamente engoliu o orgulho e repassou na mente a *Sessão das Dez* de que foi espectador em uma praia sem Lua e sem nuvens de afeto. Sentou no ponto à espera do 313, sonhou com revoluções na Rússia, 18 Brumário, 7 de Setembro, Bastilhas e quermesses de Santo Antônio, cujo pãozinho casamenteiro comeu com manteiga e patê de fígado. Engasgou. Como se já não houvesse engasgado antes, desde sábado ou desde muito antes quando se percebeu falido, roto, rasgado, tenso e constipado. Parecia pálido, mas era só cansaço. Parecia azedo, mas era só a laranja-lima chupada na véspera. Precisava de férias. Feriado de si. Ir pra Bahia rezar pra orixás que ele adorava de coração. Hoje, sai da casca e vai na praia beijar sal. É o único beijo que merece. É tudo o que conseguirá. Entre aftas, úlceras e o sacerdócio doce da perseverança de ser notado em sua invisível neurose, suas chagas e micoses. Pereba seca. Peito seco. Tosse seca. Coração partido.

Procurou na mochila vogais-navalha. As que cortam incertezas e prosopopeias. Sem acento, nem subordinação. Sindéticas como ele. Sós. A sós. Queria letras de uma sopa Maggi para reescrever um fim de semana que preferia apagar. Ctrl+alt+del. Não deu. Doeu. Bateu. Tremeu. Esfumaçou. Todos os verbos curtos foram recrutados. Uns dez, conjugados... na desinência modal do perder. Serviu o alfabeto num cone *temaki* perfumado a *yakisoba*. Fez tudo por um biscoito da sorte. Dentro dele estariam respostas, rolinhos primaveris, molho agridoce, *shoyo* e lembranças de uma noite de frio em que percebeu, no compasso de espera, que a vida não está sabendo lhe viver muito bem. Está cansado. Cansado da bilis que beija uma pele carente de língua quente. Cansado de sorvete de queijo na madrugada e do galo que canta às seis. Hoje dorme (de novo) entre vogais farpadas de palavras vagas. as, es, is e quem mais se prontificar. Tem espaço. Só tem ele.

"Hoje eu vou mudar,
Vasculhar minhas gavetas,
Jogar fora sentimentos
E ressentimentos tolos."

"Mudanças", Vanusa

Apelei para Vanusa por estar especialmente triste e por ter recebido uma carta da Chinesa expondo saudades hipócritas do meu amigo, nosso Etecétera. Dizem que eu abuso demais da minha fé por ele. Mas tenho razões. Razões que passam pela amizade, pela fidelidade lupina dos que nasceram nas cercanias de Olaria. Razões com gosto de um pirulito amargo: *O Bonequinho Doce*, o livro que desvirginou Etecétera para o poder raio X da palavra. Ainda menino, Etecétera deleitou-se com o fel de uma historinha de ninar *a los niños*. Diziam que Chico Bento seria um descabaçador melhor para um menino que começou a ler aos dois anos. Outros apontavam pérolas como *O elefantinho bombeiro*. Mas Etecétera, que foi chamado de "Cachorro" pela mãe Dos Anjos até os 22, identificou-se como ninguém com as peripécias de coleguinhas de colégio que, a sós, fazem um brinquedo Frankenstein de açúcar e biscoito, um bebê *dulce*.

No livro, *O Bonequinho Doce*, meninote, resolve ser gente. Para isso, clama por livre-arbítrio: resolve sair de casa feito homenzinho, para conquistar sua liberdade, indo ao Cine Olaria por sua conta e risco pela primeira vez, vendo Nicolas Cage bancar o *bad guy* em *O beijo da morte*. No meio da estrada, chuva. *O Bonequinho Doce* tomba na poça, feito anjo caído. Na lama, derrete. É o preço de ser livre.

Etecétera, latido sem cão, dobermann sem coleira, pulga sem pelo. Etecétera, o bonequinho de si mesmo.

Dooooooooooooooooce.

No peito do Homem de Aço bate um coração que usa óculos. Já usei essa frase muitas vezes, mas agora é em reverência ao coração certo — ou ao mais dolorido. Hoje, eu venho aqui falar de Kal-El, filho de Jor-El Quitandeiro e Lara-El dos Anjos. Falo do 21 de dezembro em que Kal--El ouviu Lois Lane rogar-lhe praga de pertença dublada por uma águia ruiva de bunda grande e alma sem nó: "Eu havia me esquecido do quanto você é quentinho". Foi das palavras de LL que nasceu Renato Etecétera, quixote de Bonsucesso e a Dulcineia godardiana de seu cinema *noir*: a Chinesa, também reconhecida sob o pseudônimo de Adriana Lee. Com bolinhos de arroz na mão e suco de cereais nos olhos vermelhamente dilatados de autenticidade, a Chinesa é o espelho vivo de uma lição na qual Etecétera, um discípulo de Aristófanes, era nuvem e pão seco: sinceridade e franqueza são termos antônimos. Franqueza é cuspir o que se quer da boca, sem se preocupar com os estragos da chuva ácida que um perdigoto pode gerar em tímpanos carentes. Sinceridade é a verdade de meias. E Etecétera hoje é o fogo de Prometeu, com

fígado acebolado no bico do abutre e minotauro de Teseu
sem chifres.

Boa viagem.

"Justo você Berenice
Que não chega nem aos pés da Dóris Giesse
Me sai com essa sandice
De que meu som não chega nem no chulé
Do som daquele esfinge ex-mister Prince."

"Justo você Berenice", Itamar Assumpção

Pensei que hoje não teria música mas não deu. Entalei...

Rasga fora a página açúcar mascavo da mulata raposa. Foxy Brown deixou Etecétera entre nós de marinheiro e olheiras de míope. Mas hoje, J.(ulio) & M.(ônica), hoje eu tô muito delgado para eviscerar meus intestinos grosseiramente. Hoje, eu deixei de lado os LPs de Etecétera por não aguentar mais de saudades do corpo que me hospedava e das tardes de sábado que compartilhávamos entre palcos italianos e cortinas naftalinadas a colírio Moura Brasil. Hoje eu lembro dos dias em que Etecétera passou nas mãos do desespero. Começo o cântico de nostalgia a relembrar (o "re" é porque lembro sempre) a noite do banho de mar que os orixás exigiram de Etecétera antes que fosse lançado seu recorte rodriguiano para *Como gostais*, ambientado no Porto de Santos tendo Plínio Marcos de rosa dos ventos. Em Copacabana, o Castelo de Greyskull da Chinesa, ele, que nadar não sabia, foi até a beirada da salobra e entrou n'água de cuecas. Deixou na areia uma mala com calça comprida, camiseta sobressalente, meias e absinto. Quando pôs a cabeça no mar, a onda levou-lhe os óculos, surrupiando-lhes sem deixar carta de agradecimento nem selo dos correios. Foi-se a lente, a corrente, armação, combinação, espartilho e amor primeiro. Vendo-se cego, Etecétera rasteava nas margens pedindo encarecidamente num choro de pânico: "Exu, onde estás que me levaste a bússola de ouvir? Meu estetoscópio emudeceu. Exu? Exu?"

Etecétera naquela noite viu a solidão tragar seu sorriso e amarelar a língua amarronzada de xotas chupadas e pirulitos de Coca-Cola. Etecétera naquela noite, J.(ulio) & M.(ônica), escreveu um texto entre os grãos, com as unhas de sabugo mascadas. Dizia: "Amados meus, venham para perto conferir o espetáculo da minha morte a prazo. Estou de pé à cata de um abraço que me aqueça. Hoje preciso que venham para perto, pois meu suicídio não suportará a pressão de ser tão só. Um espectador me daria palmas. Deixo esta vida para entrar no quarto escuro de Getúlio Vargas e pedir as horas. A Lua vem da Ásia e eu, de Bonsucesso. Mas tudo está distante. Hoje, Foxy Brown incorporou a Chinesa, veio aqui querendo vender o sangue de Cristo em frascos de Pasta Joia e me cobrou a conta de luz. Disse que tenho olhos bonitos, mas que ando com as crias de Satã. Prefere ver o poente do Vaticano a escalar o Monte Everest na minha sunga apertada. Beijou-me a língua, negou-se o doce esporte de acordar de calcinha sobre um macho nu e pegou a kombi para casa. Deixará saudades."

E foi assim que o escolhido de Exu para levar o estandarte nos desfiles da Vila Isabel cortou a sola esquerda com cacos de miocárdios pisados. Inclusive o seu.

*"Ah, meu coração é um campo minado/
Muito cuidado ele pode explodir."*

"Campo minado", Jessé

Hoje eu vim aqui para descomplicar os versos. Hoje eu vim tirar a poeira das costas e eliminar as teias de aranhas dos móveis. Hoje eu vim verbo de ação: ar, er, ir. Posto: o rei e o morto. Gosto: decorações possíveis, paupáveis, engendráveis. Venho falar de mim mesmo para vocês, J.(ulio) & M.(ônica), nos minúsculos, nos circunflexos, nos enguiços e no gesso. Não quero representações, nem cartas de recomendação. Quero que o Bonsucesso Blues fale por mim e me faça esquecer o que virá. Comecei a escrever uma peça nova: "Não beba chopp em Madureira: leva ela para Irajá", sobre uma história de amor entre uma evangélica de Parada de Lucas com um satanista arrependido que vendeu sua alma para comprar um conjugado em Coelho Neto. Vai ter humor e duas cenas de nudez: uma de freira lésbica e outra de uma raposa gaga que entoa versos de Jessé. Daí a referência a uma canção especial.

Prefiro me expor hoje aqui sem véus, pois ando meio de gastura, roendo pastilhas de sódio e Valium com hortelã. Ando rouco. Fiquei assim após rever a ex que me tirou o cabaço há treze Luas e que, até hoje, cobra de mim dízimas periódicas sobre a arte da cunilíngua. Fiquei aborrecido com a frase que ela me disse: "Você é muito teimoso e se menospreza demais. Escreve para grandes autores, divas, caubóis, samurais tropicais e falcões e ainda carrega a mochila cheia de pães de batata, pregos, pedras de mármore e quilos de açúcar. Parece seu pai." Meu velho, coitado, um querido, colhia porcas e parafusos sempre que andava pelas ruas. Dizia: "Jesus certa vez andava com seus discípulos e catava pedras de diferentes tamanhos. São Pedro, um preguiçoso chaveiro, só pegava as pequenas. À noite, Cristo fez as pedras virarem pratos de pães e peixe. E Pedro, o pobre, se limitou a migalhas e espinhas de manjuba. Por isso, cate o lixo, guarde o lixo, torne lixo em luxo."

Papai botava grãos de arroz e caroços de milho pelo nariz enquanto roncava. Mamãe Dos Anjos achava que era refluxo. Mal sabia que era o momento furúnculo de papai: pústulas abertas de anos de opressão. Papai não lia, mas conheceu Camões em seus sonhos. Este peidava alto, mascava chicletes de canela e dizia que a Taprobana bebia as águas sujas do Faria-Timbó, cheirando a Neutrox quando chove.

"Cause I'm a bird girl
And the bird girls go to heaven
I'm a bird girl
And the bird girls can fly"

"Bird Gerhl", Anthony and the Johnsons

J.(ulio) & M.(ônica), tenho falado demais sobre pais e mães. Cansei-me dos delírios de Édipo. Sófocles tentou me assediar com um Big Bob, mas eu não curto churrasco grego. Nem sundae de creme. Tenho mantido dietas mais pesadas. Bebendo vinho. Outro dia, num tempo indeterminado, voltei a me apaixonar. Durou três dias. Talvez tenham sido nove meses. Mas, como dizem que noves fora dá zero, cansei de quantificar as relações. Já basta tudo o que a Chinesa fez. Mas essa paixão de ocasião foi digna de nota. Chamava a moça de Ella, pois gostava de *jazz* e queria ser preta. Era loura, cantava *standart* de Cole Porter e tinha sardas no ombro esquerdo. Pintava as unhas de verde escuro. E tinha uma bunda que mais parecia Grapette. Bebi da bunda e repeti da ressaca. Vou arriscar aqui uma crônica poética. Como já aconteceu... no passado e no futuro... esqueci-me da Chinesa quando comi a selvagem Ella, sereia do Cosme Velho, a quem visitava com presentes comprados no Gabriel Habib, o turquinho de Inhaúma. Ouçam com atenção. David Bowie, nas palavras abaixo, será meu outro ego. Outro eu. Outrossim. Assim: dor no peito. Dor provisória que foi interina de meu ser por tempo demais e ainda me ronda. Ai!!!

Para amenizar a enxaqueca, tomo duas pastilhas diárias de Fellini, o punk paulista, que dizia, num hinário chamado *Funziona senza vapore*:

"Ninguém é perfeito,
ninguém é perfeito,
ninguém é perfeito.
Eu quis ser."

Erosão

Bastam duas ou três palavras sobre Ella:

a) Angustia-se nos dias frios, repele canções infelizes e assobia sempre a mesma melodia em sessões de filmes de horror: "Johnnie Walker é seu amigo. Vai salvá-la do perigo!";

b) Recorre a Alice Cooper quando se vê sozinha entre os lençóis: "How you gonna see me now" explode numa vitrolinha 1982, na 37ª volta do LP *Pai herói Internacional* comprado na MotoDisco da Glória;

c) Tatua naves espaciais na pele do peito do pé a fim de fazer contato com civilizações alienígenas e desfilar seu rebolado entre povos de Marte.

Dito isto, sobre Ella, pode-se constatar:

Usava excessivamente conjunções adversativas no discurso indireto, contudo com devido domínio de causa e efeito. Desacostumou-se com cadeiras puxadas, presentes-surpresa, embrulhos floridos, Leite de Rosas e bilhetes de garçom. Tentava entender os acasos como equívocos e disfarçava com onipotência o jeito meigo de estranhar o inesperado.

Langue x Parole

Ella passeava com dois ursos polares pela orla de Vênus procurando Incas venusianos que a revelassem o segredo *awika* do apocalipse estar agendado para 2012. Pretendia viver dois anos mais para alcançar seu primeiro milhão e pousar de estolas rosadas no calendário Pirelli 2016. Desconhecia seu relevo e, por desinformação, julgava-se falésia onde via-se planície ou trechos do Monument Valley em filmes de John Ford. Deprimida, caminhava pelas manhãs. Por vezes, colhia margaridas, crisântemos e frases de efeito, tipo: "seu sorriso provoca homicídio culposo. Procura-se, sem fiança estipulável ou devolução garantida". Fechou-se para O Sagrado, mas deixou aberta a porta para banhos de encanto e poções de folha da fortuna. Pelas frestas, revia o passado, os corações que quebrou, o miocárdio partido, a 5th Avenue, Devassas ruivas e os filmes perdidos em seu computador. Esculpia seu charme a batom e saía para a guerra, bebendo hipóteses de noites breves e carnavais hipotéticos. Amassava números de telefone, dispensava-os em refugos de papel e refazia jornadas.

Era Ella *for lovers* apenas em doses homeopáticas. E gostava assim.

Nos parques, tirava retratos e alimentava o alpiste dos realejos. Sem entusiasmo.

Prática.

Reflorestamento

Duas ou três coisas sobre Ella em Sábados de Aleluia
ou
Fatos que alteram a ordem de fatores
ou ainda
Um poema — remetente: Bonsucesso Blues

Era sábado. Ou é ainda. Ou pode ser. Vale saber que Ella abre o escaninho e encontra a carta. Achou o que não perdeu. Se perdeu. Em próclise. Meter-se-ia em si. Morrer-se-ia em risos. Franziu a testa. Consultou o tarô: deu coração. E os búzios caíram abertos. Abriu e leu. Assinava um tal David Bowie: *"And I've been putting out fire/ With gasoline"*. Prosa dadaísta. Cálice de rum e coquetéis de éter na mente. Ella balançava os cabelos com a sutileza de quem lê Sermões da Montanha em línguas arcaicas e não entende. Conhece as regras de acentuação, cultiva o léxico, desfia as metáforas e come as metonímias com manteiga de garrafa como bom garfo que é. Só não decifra o gesto-esfinge do testamento pseudossartriano entre seus dedos. Nele, David Bowie promete: "Trago a pessoa amada de volta em dez dias, já que pessoa amada reside em meu espelho." E endossa: *"Don't you know my name/ Well, you been so long/ See these eyes so red/ Red like jungle burning bright/ Those who feel me near/ Pull the blinds and change their minds.*" Falava inglês. *To be*, Ella muito *not be* em *tag questions and* falsos cognatos. Aceitou a brincadeira parágrafo a parágrafo, como entradas e saídas de labirintos. Era Minotauro-Teseu com louros em vez de chifres. Ia Come-Come de lado a outro devorando cantadas e verbos de ligação rebeldes, rebeldes: "*Don't you know my name/ Well, you been so long/ See these eyes so red/ Red like jungle burning bright/Those who feel me near/ Pull the blinds and change their minds/ It's been so long.*" Ponto final.

Às quartas-feiras, quando chovia, Ella recebia novas cartas. David Bowie ensinava a ela as origens de um golem de pedra, tratados de urbanismo leopoldinense, versos do Alcorão e a cartografia da aldeia dos Smurfs, entre hidrografias etílicas de *cotton belts* anilinados.

Às sextas, chegam fitas K-7 na voz de Nina Simone entre segmentos da Bíblia, profecias arcaicas, promessas para cortar quebranto e caminhadas pelo Leme às 7h e cinco minutos para daqui a pouco.

Ella jura: "Não, isso não vai dar certo."

Mas David Bowie, sem dona, sem vínculo, sem alpiste na gaiola, segue o curso da maré. E sabe seu lugar.

"Quem não é, não se esconde
É o bonde do rinoceronte"

Funk entreouvido na 98 FM, MC Bill e Bolinha

Faz hoje seis meses que vivo na condicional. O eu que fui morreu um dia depois da era de glória de Etecétera começar, ausente de pontos de interrogação. Sozinho, ganhei pernas. Sozinho, adquiri uma língua aveludada, dedos e guelras. *Waterworld* passava em reprise na TV que comprei com meu primeiro salário da gestão autóctone do meu ser. Virei operador de telemarketing de um disque-amizade de segunda a sexta-feira e passei a desenhar HQs nas horas vagas. Com a ajuda de um amigo antigo de Etecétera, o senhor cartunista Ralph Toj, criei o gibi *Evento Avatar*, sobre super-heróis nascidos em Madureira e exportados para a Ásia. Jaguar, felino de unhas grandes e bigodes nietzschianos, era meu vigilante preferido, sendo que Toj se deliciava com a paranormal Melanie Sparks. O vilão, misto de Tommy Lee Jones e James Woods, lembrava cinzas de charuto pisadas e suco vencido: amargava. O gibi vendia, dava dividendos e me garantiu uma ida ao Programa do Jô. Dei até autógrafos.

Agora, ganhando dos gibis e dos "amigos telefônicos por R$ 0,85 por minuto", eu encurto as brechas e busco viver feito as indesejadas gentes que vi sofrer. Faltam 143 dias para a data de ouro que deu sentido ao meu eu Renato e que pode dar carne suculenta à minha pele flácida de ex-hóspede de sonhador.

Não sei amar. Nunca experimentei o sentimento de aprender o valor de uma frase que fazia Etecétera chorar. Vez atrás, namorava ele uma Diana caçadora da Barra, descabaçadora de virgens, cuja menção menina da expressão "Cachorro quente!", num quase grito, de mãos apertadas e bochechas cheias, fazia seu peito sentir uma dor sem fingimentos. Havia ainda Mary Ann Moore, passista do Cubango, em Niterói, que esfolava seu pau com uma xota atômica, capaz de gotejar urânio. Mary Ann usava jardineiras em maio, arrancando suspiros do adolescente Etecétera.

Mas antes ainda da Chinesa, houve Alice Inhaúma, gata da praia que jogava pôquer berrando "Cortem-lhe a cabeça" a cada lance. Etecétera nunca havia conhecido o leito do Rio Negro antes de entrar pelo canal vaginal de Alice adentro. Perfumada a Vagisil, a vulva que suava nos bancos do ônibus meia-vinte-nove foi o primeiro amor-perfeito de Etecétera. Eu, ainda espelho, espelho dele, só fitei Alice quando ela deixou de morar aqui, mudando-se para o Queens, carregando consigo uma cesta de maravalha cheia de ratinhos de laboratório. Patologista, Alice era doença terminal nas células cancerosas de carência de Etecétera. E foi a correspondência deles que me fez arriscar a rota que pode me fazer feliz. E fará. Agora, tentarei conhecer a medida da felicidade.

Etecétera um dia acreditou que a medida da felicidade é sentir alegria ao ver uma moça de camisola de ursinho lhe abrir a porta cheirando a alho-poró e Sprite sem gás, de fitinha na cabeça e brigadeirão nas mãos. A medida da felicidade fora Alice, que virou a Chinesa, mas que pode ser Adriana Lee para mim. Vou em frente.

"Meu namorado
É um sujeito ocupado
Não manda notícias
Nem dá um sinal."

"Recado", Joana

Não falei devidamente sobre Alice Inhaúma até agora porque Alice foi santa para Etecétera e não se evocam santos nomes em vão. Mas havia duas ou três coisas sobre ela de que eu precisava para aprender a correr pelo mundo atrás de osso. Duas ou três coisas redondamente misturadas entre letras de uma carta escrita por Etecétera. Vi quando ele a escreveu porque eu era ele e agora sou só. E no cu do Judas, onde não vai nada, sabia ter escondido resquícios dessa epístola de Quarta-Feira de Cinzas. Numa caixa de ferro de passar, onde a mãe Dos Anjos de Etecétera escondia cartas que seu pai enviou para sua amante, havia o rascunho do bilhete que fez Alice brilhar em suas marquinhas de acne tão doces e plenas. Eis-me nelas:

Ela disse "O seu beijo tem um gosto bom", e ele sentiu parágrafos brotarem à sua frente, acumulando palavras em sua lente feito para-brisa. Ela disse "Tenho vivido mais feliz nos últimos nove dias. Por isso ando sorrindo mais". O dragão dentro dele suspirou, amaciado. Diziam que o dragão urrava. Urrava palavras grisalhas, que depositavam em sua barba fios brancos de um passado que ele ainda não viveu. Há quem jure que o dragão ronca selvagem à noite, como se remoesse nela o que o dia não lhe permitiu resolver. Atestam que o dragão fala difícil, em línguas mortas, que nem o CCAA ensina, nem o Fisk aprova. Reza a lenda que o dragão foi bom aluno, mas não sabia somar dois mais dois.

Agora sabe.

Mas ainda ronca.

E esconde a barriga sob fronhas de escamas.

Até abaixa a cabeça quando abre o alçapão de seu querer, falando em 50 expressões idiomáticas o que um simples "quero você" resolveria.

O dragão era CDF. Mas estagiou mal no ofício da "entrega".

Vez por outra, costuma deixar queimar farofas e empapar o arroz.

Cozinha frango muito bem, mas salga demais suas observações sobre a vida.

O dragão é grande. "Amigãozão!", diria Sancho Magro, seu escudeiro, ao vê-lo buscar gigantes em moinhos de ventos como desculpa para espreitar Dulcineia

uma Dulcineia

que não fosse de Quixote, mas sua.

O dragão saiu de moda. Ele ainda abre portas. E leva flores.

O dragão não fez curso de marketing.

Tampouco de etiqueta — "Facas? Dispenso. Garfo? Não sei usar.

Perfume francês?

Só paraguaio."

O dragão nunca foi o genro de sonho algum de mãe
alguma.
O dragão assombrava cineastas em seus pesadelos.
O dragão tinha um amigo que virarava urubu, mas
essa é outra história.
Garantem que ele gostava de desenhos antigos, sem
boca nem classe.
E que em São Cosme e Damião ele corria atrás de
doce jogado em avanço.
O dragão é um tipo raro. Tem sangue tipo A
— CCPL.
Renderia um bom pote de requeijão, caso enlatado
fosse.
O dragão dança mal, não luta jiu-jítsu, é péssimo nas
cartas
mas sabe várias músicas do Rei Roberto de cor.
Você pode ouvir se quiser. Será fácil.
Mas pode ser que ele te fale dela...
Daquela que saboreava beijos ao Sol.
Estudiosos de dracologia acreditam que ela mudou
alguma coisa nele.
E no dono dele.
Ambos esboçam contato.
Ambos sentem sua falta.
Ambos escrevem "cartinhas de amor ridículas"
como se não fossem ridículas todas
as cartas que de amor não são.
Ambos tentam esconder a sensação de que ela faz
com que os dois queiram ser
melhores do que são.
O dragão pediu um abraço.

Fez um dengo.

Sozinho, cansou e dormiu.

Dormiu manso. Sem a fúria que assustava.

Seu dono fez bolhas de sabão até sossegar, mas a tensão o desmaiou.

Deitou aos pés do dragão e se cobriu com sua cauda.

No meio da madrugada soluçou um nome.

"Era ela!", retrucaram as paredes que o cercavam, demonstrando concreto não ser.

Aquele era um conto de fadas ou uma sela ou história de princesas.

Diziam que talvez fosse uma comédia romântica.

História de nós dois com Bruce Willis e Michelle Pfeiffer, ou algo do gênero.

Ele não ouviu. Só parou e sentiu. E sorriu.

Esperava que a segunda-feira renascesse.

Para oferecer seu beijo a ela de novo.

Talvez o Colgate em seus lábios já houvesse virado areia.

Mas arriscou.

Não era pasta dental, era saudade.

E saudade aumenta.

Saudade esquenta. Esfria no verão.

Saudade tem apelido.

No IFP: o nome era o dela.

A digital também.

Saudade tem pressa.

Saudade põe o dragão para ninar.

Mas não nina o cheiro. O cheiro dela.

E uma ou duas outras coisas que ele poderia dizer sobre ela, mas que preferia murmurar de perto.

Na falta, o esboço.

E o beijo no vento.

Sem o hálito do dragão.

Sem documentários perdidos no tempo.

Sem esquimós ou esquimozinhas.

Só o "te quero".

Aquele que costumava exigir 50 e tantas palavras...

Aquele dragão

aquele dragão ficou mais prático.

Ele diz "você é linda" tantas vezes quanto a garganta permite.

Ele é "te quero" e ponto.

E sente sua falta.

Como num beijo de gosto bom.

Que bonitos eles foram.

Que bonita a saudade onde sempre serão. Aguardo a minha vez.

Alice faz aniversário em junho, mas não nos falamos em efemérides. Em seu nome, ponho Hugh Jackman a cantar na vitrola, na Broadway de tudo que deixou de ser:

"Faults aren't things for hiding on a shelf
And if you like who I am now
That's only a reflection of yourself"

"The Lives of Me", The Boy from Oz

"Já desmanchei minha relação
Que coincidência estou feliz."

"Já desmanchei minha relação", Nervoso e os Calmantes

Depois da leitura do testamento de Etecétera e Alice, corri atrás de saídas para meus soluços e meus sangramentos. Fui ao oculista: sofria de crises na audição. Só ouvia o medo e algumas coisas sobre as desesperanças. Precisava ouvir os LPs finais que Etecétera deixou. Precisava voltar ao Bonsucesso Blues, hoje locado como ponto de bicho, Taj Mahal de drogados, para ouvi-los. O otorrinolaringolófilo com quem me consultava andava enjoado de minha cera. Portanto, procurei quem me enxergasse. E lá, no consultório, sobre o divã, entre máquinas de grau, contei:

Era uma vez um olho podre que usava colírio. Colírio Moura Brasil com Z, de onde escrevo sobre a podridão do olho. Diz-se, em grego, "Z"= "Ele vive". Viva o olho! Salve, salve! Salve ele da cegueira. Salve-me da lucidez que atiça. Entornavam colírio, o mesmo que lavava pupilas dilatadas pela marola da mágoa. Puxaram, tragaram, não engoliram. Mas as baforadas do descaso fizeram inchar as cataratas de uma perspectiva solitária. Um olho surdo, glabro, banguela, com frio.

Mas hoje olhando para o céu, o pisca-pisca relembrou o sabor arroz-doce de se aventurar. Arregalou as pálpebras e saiu para a guerra.

Estava curado. Faltava Adriana Lee.

Obrigado, Alice.

> *'Soon be... like a man thats on the run*
> *And live from day to day*
> *Never needing anyone*
> *Play hide and seek*
> *Throughout the week."*

"From Now On", Supertramp

Durmo no taco encerado. Durmo direto, no taco, na farpa. Espeto o dedo nas frestas do assoalho à cata de uma dor que vivifique. Pulsão na unha, pulsão na espinha, abreugrafia. Tô tossindo alto desde que Etecétera se foi. Perdi o elã elétrico que me imantava segurança. Sobraram apenas espinhas de peixe e latas de sardinha na dispensa. E o taco frio, fedido a Poliflor. Roí o taco, nasceu a flor. Rosa murcha sobre pelos que roncam sem cobertas e ressonam vulcões. Ando afetado e pouco narrativo. Ando azedo. Bebi o caldo grosso de Alice e sonhei com mariolas. Bebi portas e frestas para dimensões psicodélicas. Bebi a mim e a Etecétera. Bebi pontos continuativos e alegorias do que não chega. Queria que chegasse um bem-querer, um rosto de cetim. Mas só fito um pôster do *Anjo da História* que Klee imprimiu a rir de mim. Na reprodutibilidade tecnológica da angústia, corro em círculos. E calço luvas. Luvas perfumadas a Colubiazol para gargantas descontentes. Passeei um pouco na tarde de segunda para encontrar um amor que gostasse de cachorros e soubesse de cor os nomes dos três maiores construtores de pirâmides da humanidade egípcia de todos os tempos de Ramsés. Quéops, Quéfren e Miquerinos — faraós que embalaram meus estudos na sétima série imaginária na qual Etecétera me matriculou — hoje dão aula de lambada em Vaz Lobo e detêm ações do Bank of Boston nas Canárias. Limito-me a uma carta de crédito da Morada e uma jarra de moedas de tungstênio alugadas de uma fêmea islandesa que colecionava pombos perto do meu loft em Água Santa. Fui para lá quando meus gibis prosperaram, chegando a tiragens de 40 mil exemplares por mês. Mas ainda durmo no taco encerado. Na farpa seca. E acordo três vezes por noite em turnos vomitórios. Ligo o CD do Supertramp que Etecétera deixou e releio *Madragoa*, peça deixada por ele em luto pela morte de Farrah Fawcett. Panteras me trazem os dividendos dos direitos autorais de seus delírios teatricocidentais. A difteria dramatúrgica de seu crepúsculo moral ainda me sustenta e me paga o pão. O que ganho por mim reverto em boas ações e contribuições ao Criança Esperança, ofertando-me em disposição dos que querem adotar utopias carentes. Sou maior e durmo no taco. Sou maior e menor que zero. Farpas fincam na cutícula e quebram estrados. Cartilagem exposta, magoo e engulo-me. Rezo por afeto. E pela Chinesa que não vem.

Está nublado em mim.

"Know it sounds funny but
I just cant stand the pain
Girl I'm leaving you tomorrow."

"I'm Easy", Commodores

Bem de vida, mal de alma. Passei a compensar a dor enviando dinheiro para um bebê somali de sete meses e nove Luas chamado Burdon. Seus choros, gravados num K-7 Basf, têm me ajudado a pensar de menos e gastar de mais. Soube de uma ex-amante de Etecétera que, doída, comprou 13 ventiladores e se pôs a gerar um mini-Katrina em sua sala de estar. Queria fazer faxina. Limpar os restos mortais em forma de limo da pia. É impossível para mim repetir seus passos. Não tenho mais torneiras: troquei as minhas num ferro-velho por dois freezers da Coca-Cola. Hoje tenho emoção pra valer. Emoção em primeira pessoa: hoje, já não falo mais dele. Etecétera morreu para que eu crescesse na vida. Lógica da fenixologia: a ferrugem não rói metal pesado nem peitos falidos. E nasci em bancarrota. Procuro alguém para chamar de minha. Procuro a palavra sobre a palavra, a palavra-verme, a palavra-tangerina: "namorada". Caço companhia. Anúncios de *escorts* não mais me servem. Saí um dia desses com Agatha Christie, puta londrina, para respirar *fogs* espessos. Terminei comendo bolinho de bacalhau no Nova Capela e ouvindo Nelson Sargento numa *jukebox* da Lapa. Vago vazio. Vago na perna de Agatha Christie por R$ 100, mais os R$ 50 da boate. Pago ainda uma cerveja fria e gargarejo com menta gelada. As amígdalas pedem arrego e se castram. Sinto vertigem, verdade e velocidade. Experimento o mal de sentir-me eu, a sós, como adulto que se fez da dor do outro. Não tenho mais cruzadas românticas para narrar que não sejam mais as minhas próprias digressões no espelho. Perdi a Chinesa de vista para me emancipar. E tudo ficou mais difícil depois desse processo. Talvez eu devesse alugar um filme do Godard e rebobinar meus olhos.

É bom apenas saber, J.(ulio) & M.(ônica), que herdei vocês para mim.

"When I was a young boy
My mama said to me:
There's only one girl in the world for you
And she probably lives in Tahiti."

"I'd Go The Whole Wide World", Wreckless Eric

Contraí um tipo raro de conjuntivite ontem. Peguei na rua. Na amargura. Gripei. A tosse de que falava antes se acomodou. Criou catarro. Ficou mucosa. Membrana elástica. Plêura ou placenta: descartável. Descartável como eu. Tô sendo pleonástico nas últimas lamentações mas garanto que não é por maldade. Meu dente infiltrou por desassossego. E tenho lido demais. Fui a uma tabacaria comprar existencialismos e voltei com *Freud, além da alma* na mochila, que, aliás, era de Etecétera. Toda decorada com dragões, a bolsa expressava sua mais intensa essência. Óleo de rícino.

Tenho comido Sartre com Doriana e Sustagem de baunilha no café para rebater a conjuntivite contraída num passeio de barca por Charitas. Ando com remelas encobrindo o canto dos olhos, grossas, de uma viscosidade digna de teia de aranha. Com elas, posso até trançar cordas. Cipó. Pau de sebo. A infância de que não desfrutei foi bonita. Chovia no quintal que inventei. Chovia sempre sobre o comigo-ninguém-pode. Nem a tristeza pôde. Na meninice, eu era imune a males do olhar. Nem olho gordo pegava. Como criei por mim o que não vi, pus na história uma velhinha gorda que secava pimenteiras com dentes de alho: benzedeira. Matava cobreiros. Eu, que sofria de herpes, tinha cachos de uva tipo verde-verdade mastigando minhas bochechas, atraindo raposas. Monteiro Lobato me ninava na modorra das tardes, reprises de Visconde Valli. Skinny e Bliss de amora me recheavam as flutuações. Já tossia naqueles anos que passaram agora, há cinco minutos, assim que liguei o computador. Tossi meus tesões, diapasões, músicas de câmara e a baleia de Jonas que nadava no meu suco gástrico. Prestei vestibular para Química mas passei para a prova de seleção das Agulhas Negras. Saltei de paraquedas na Vila Cruzeiro e só senti o chão quando uma bala perdida raspou-me a barba. Saudades que não voltam mais.

Conjuntivite deixa cataratas. Por isso fico comatoso às quartas. Mas ainda desenho meus heróis em máscaras de papelão. O olho bate e fecha. Pisca-pisca. É hora de nanar.

Alegre, eu conto: é outubro... ou julho, talvez. Faltam dois meses (ou cinco, será?) para 21 de dezembro. A Chinesa vai me visitar.

"I remember when I was young
Feeling sick on Sunday Morning
I don't wanna do it anymore."

"Sunday Morning", The Bolshoi

Amanheci constipado. Na verdade, o dia não amanheceu muito bem: ele espirrou, com dor no corpo e coriza. Verteu líquidos. Verteu certezas. As incertezas deram alergia, sem alegria. Pensei estar grávido, mas era gripe e parnasianismo, nada mais. Etecétera sentia-se grávido nas vezes em que eu aparecia. Renato — uso aqui a nomenclatura real de Etecétera por ser o rótulo que queriam que eu tivesse, mesmo sem atender a requistos de forma ou de conteúdo para portá-lo — engravidava a cada despertar. Mórulas e blástulas eram braços e pernas do mesmo zigoto crescido: eu, que dominei a primeira pessoa em um curso por correspondência do Instituto Universal Brasileiro. Bastavam conceitos geométricos euclidianos para que exalasse o aroma do campo em meu choro natimorto de adulto prematuro. Amadureci na barriga, bebendo caldo aminótico de canudinho.

Tive uma gestação mansa e sem atropelos: Etecétera fez cesariana.

Por isso hoje sofro bronquites que Zaditen algum mata. Liquefaço aminofilina com mel e leite e ponho pitadas de canela em pau na mistura. Mesmo assim, a respiração não vem. Sou um golem de molas, um constructo de namoros imaginários. Se não fosse a cicuta de Sócrates sob as minhas artérias, eu seria um mundo de ideias que Platão jamais descartaria. Sou coragem, sabedoria e temperança num mesmo ato: o querer. Ando à caça de uma mulher que possa me salvar.

Ontem, encurtei meu recenseamento ouvindo *Good Times 98* no rádio. "One day in your life", vale ouvir o Jackson Five miar. É pena que toque pouco Tim Maia. Foi numa balada dele que comecei a anotar os Recados do Coração, de solitários profissionais que se abrem no ar interessados em amar. Passei sete dias gastando pilha em busca da mulher da minha vida. Descobri seu nome durante os 150 segundos em que fui o homem mais feliz e amado da Terra. No recado, Maíra de Belford Roxo dizia: "Sou advogada, tenho 37 anos, solteira, fã dos Beatles, leitora do Dr. Lair Ribeiro, afeita a Prozac e procuro... mulheres para me relacionar. Sou fiel."

Troquei o rádio por uma cocada branca, tomei efervescentes sabor caipirinha, tossi sangue pisado e fui para o Inferno por usucapião. No caminho, bebi guaraná com pastel.

"Um garoto de rua
Me pediu um trocado
Para comprar um pão...
Lamentou sua fome
Não me disse o seu nome
Maltratando meu coração..."

"Garoto de rua", Balthazar

Avistei ontem a Ursa Maior e ela orbitava os céus da Conde de Bonfim. Lá pelo terceiro gueto do sistema solar, ela lançava pães de queijo com soda diet e reclamava da minha ausência obstétrica. A Ursa Maior, tão bonita, dizia que, na vida, precisamos ser leves. A leveza é o glacê que recheia a torta merengue da felicidade. Prefiro rocambole. Mas preferi me calar, tomando suco sem gelo. Laranja com pêssego. Desce redondo. Engorda veias. Engrossa braços. Faço ginástica para compensar.

Não vejo mais a Ursa Maior, mas sei que ela se doaria inteira se eu pedisse. Bastava levar para passear com carinho e viajar para a Argentina quando precisássemos de renovação. A Ursa Maior lia Sousândrade e Leitão Kilkerry. A Ursa Maior era um capricho. Não soube mimá-la. Parti. Mas levei da Ursa Maior um asteroide falastrão, uma lanterna do Pluto e pantufas formato Betty Boop. Calçava-as para sentir-me gente. Na cama da Ursa Maior, que apreciava golfadas de água fria na xoxota, como o cuspe que dá liga à massa vulcânica do ventre, descobri-me um menino agradável. Foi nela, em sua generosidade estrelar, que voltei a lembrar de Jocasta, a boceta que recitava *Ulisses* em gaélico. Pensei que uma consulta resolveria-me a vida. Era 20 de dezembro no deserto dos tártaros e fazia calor sob a minha chuva. Comprei um celular novo, um cartão telefônico, um All-Star lilás e um boné laranja do Patolino, com bico e tudo. Vestido a caráter, telefonei e marquei uma consulta com Adriana Lee, hoje uma quiromante doutorada em Gramsci. A Chinesa, ainda ruiva, só conhecera Etecétera. Não fazia ideia da ressurreição dele em mim. Chegando em sua tenda da sorte, tremi. Não de desejo ou de entusiasmo. Esqueci a timidez também. Quando olhei para a Chinesa, eu me recordei de um velho poema das aulas de Literatura, que um amigo de Etecétera, George Convexo Comum Conexo das Dores, sempre analisava. Era um Manuel Bandeira que lamentava: *"A primeira vez que vi Teresa/ Achei que ela tinha pernas estúpidas/ Achei também que a cara parecia uma perna."* Por aí.

A Chinesa mudara. Não tinha o encanto que meu ex-eu nela fitava. A Chinesa não vinha da Ásia, como a Lua. A Chinesa era uma dondoca de Ipanema, crescida em Caxias, educada no Zaire e alimentada com bolachas finas das Casas Cavé. A Chinesa era triste. Ela não se queria. Não era Godard. A Chinesa era filme velado.

E eu... Eu era um homem livre. A mudez de Jocasta, a boceta que perdeu os dentes e a voz com o passar das acomodações, alforriou-me.

Saí da tenda sem sequer sentar. Peguei um ônibus, saltei na Penha e passei no Shangai, correndo no carrinho de bate-bate com a minha culpa, com a minha úlcera.

Percebi ali, J.(ulio) & M.(ônica), que os discos de Etecétera haviam acabado e que eu já estava apelando para meus próprios gostos. E a Chinesa não fazia parte deles. Abri a mochila atrás de um comprimido para hipertensão do meu olho afoito e achei um 3x4 perdido de Alice. Alice Inhaúma. Aquela da carta. Tinha guardado uma foto dela, que fora a mais bonita das mulheres com quem Etecétera me fez fabular.

Saí do parque correndo, entrei num táxi, desci em Bonsucesso e caminhei até os refugos do sonho de *Tucker*, quer dizer, de Coppola, ou melhor, de Etecétera. Morreu tudo. Morreu a Chinesa. Morreu o compromisso. Morreu a dívida. Mas ficou a saudade de conhecer uma mulher que não foi minha. Tentei ligar para ela, mas lembrei que ela havia casado, engravidado, trocado bolhas de sabão por fraldas rosadas e gerado prole farta.

Quis chorar.

Calei.

Não calei triste.

Calei-me atento.

Sem o vulto de impostos passados para me cercear os passos, eu poderia zerar a prosa e partir no caminho que quisesse.

Então, J.(ulio) & M.(ônica), agradeço a vocês por tudo.

Vou para o outro lado.

Fui Godard por muito tempo. Agora preciso ser Walt Disney.

E começo:

Prazer, Julio. Prazer, Mônica. Meu nome já foi João de Santo Cristo. Mas hoje, sou Renato. Renato sem Etecétera. Só Renato.

Renascido. Do Inferno ou do Céu.

Hoje eu vou pra Lapa, dançar. Talvez encontre alguém. Não sei.

Sei que é dia de gibi novo *O Besouro Azul*, estreou um Scorsese inédito, almocei almôndegas e gosto de rock progressivo.

Amanhã, verei Tom Zé nos Arcos. Depois, pisarei em Mercúrio.

Tendo novidades, comuniquem.

Talvez em outubro, no aniversário da Revolução, eu vá à China. Sem Adrianas. Vou ver a Muralha que demoli quando deixei de fazer da dor uma muleta. Talvez escreva uma peça. Se tiver tempo.

Trago postais. Se possível, um DVD do Wong Karwai, rolinhos primavera e um novo amor.

Se der...

Já disse: certa vez, ouvi um amigo ser definido assim — Você é mais bonito do que a Revolução Cubana.

Havana é logo ali. Pertinho de Bonsucesso. A China também. Não demoro.

Apêndice I

Penha Circular (ou estudos geopolíticos sobre ontem à noite)

Tratado de Tordesilhas: linha hipotética formada entre dois pontos: a) Complexo do Alemão; b) Um coração. Habib's, Vila da Penha, noite de sábado, duas esfihas de frango, uma fogazza de queijo, duas laranjas com acerola e gelo no copão, batata frita. Na mesa da frente, Wagner Xeréu bebe guaraná Taí, masca chiclete de pera, chupa a língua da namorada loura e reflete sobre os macetes para se prestar um concurso público com eficiência. No estéreo da loja, Elymar Santos geme *"Poxa, como foi bacana te encontrar de novo"*. E os dois se esbarram. Velho colegas. Xeréu, testemunha ocular da his... estória. Parceiro de pelada de Murchinho.

Habib's, Vila da Penha, noite de sábado, duas esfihas de frango que chegam trocadas (uma espinafre, outra cheddar), uma fogazza de queijo, duas laranjas com acerola e gelo no copão, batata frita. Eu-lírico agora passa a ser terceira perpendicular de um triângulo isósceles. Sobrou-lhe apenas perplexidade. Depositado em sua frente está o corpo autopsiado em flexões de braços do sujeito que sabe. Xeréu sorri, apresenta a loura que o ama, conversa sobre múltipla escolha, locuções prepositivas, etapas eliminatórias e corridas de saco. Mata saudades de um chapa em comum que fazia embaixadinhas com gato preto. Conta de partidas de baralho. Explica a origem de um facão serrilhado que carregava na mochila para bancar coragem. Eu-lírico, clone de Etecétera, gargalha como se aquele passado fosse seu. Finge recordações. Empresta fisionomias inventadas a pessoas que não conheceu, amizades que não travou, a amores que não amou. Faz-se xerox e cicatriza. Vale a pena. Precisa saber de Murchinho.

Habib's, Vila da Penha, noite de sábado, duas esfihas de frango borrachudas, uma fogazza de queijo solado que atrasa, duas laranjas com acerola, cica e gelo picado no copão, batata frita sem sal. Xeréu explica que menino Murchinho viajava toda a manhã de Piabetá até a Praça das Nações com coca da boa na mochila da Company e baseados apertados no bolso de trás do jeans surrado. Trocava papelotes por bens de consumo não renováveis. Ora forno, ora fogão. Cheirava o excesso, queimava as sobras até a última ponta e jogava os níqueis a mais no fliperama. Dia sim, dia também, mastigava o Xis-Salada-Tudão-Possante da Eliete, no IAPI, com Guaravita e duas bolotas de Lexotan. De extra em extra, cafungou um carregamento todinho e passou a dever. Devia em Olaria, em Madureira, no Parque da Chacrinha, no Campo de Santana, na Portuguesa, em Curicica. Devia, R$ 100, R$ 140, R$ 213, R$ 1.018, o olho do cu e um boquetinho ao leite. Deveu tanto que passou a se esconder na dispensa de bebidas do Bonsucesso Blues. Rastreado, fichado, ensopado e cagado, deixou trilha. Acabou assado num micro-ondas na descida do Cruzeiro, tendo as cinzas espalhas de um extremo ao outro da rua Quito. Mas não sem antes chorar a morte de Renato.

Habib's, Vila da Penha, noite de sábado (agora madrugada), duas esfihas de frango que descem arranhando, uma fogazza de queijo trocada por um doce árabe, duas laranjas com acerola e gelo no copão bonificado com um fio de cabelo branco, batata frita crocante. Xeréu explica que viu Murchinho depois do enterro. Era Judas: enforcava-se com cordas de *nylon* para expiar a culpa. Preferia barbante quando ventava. Precisava tirar o ranço de ter deixado o rabo de Renato na reta da bala que deveria ter perfurado seu peito. Xeréu muda de expressão trocando o esgar pela boca murcha de amargura e diz: "Vacilava mas era sangue bom." Apertou a mão do Eu-lírico, cedeu a bochecha da loura e pagou a conta. Falou: "Aquele nosso tempo era bom, né." Ah, se era...

Apêndice II

J.(ulio) & M.(ônica) para a posteridade

Talvez fosse abril quando J.(ulio) jurou votos de amor eterno a M.(ônica). Eu estava lá. Eu era Etecétera, eu era testemunha, eu era a verdade e a vida. Deus, por nós e por todos, arrancou do representante do cartório um sorriso quando M.(ônica) titubeou ao escolher o regime de partilha de bens entre eles: "Amor por toda a Eternidade" ou "Mansão no Joá"? M.(ônica) segurou a dúvida consigo por cinco segundos e disparou: "Não há solidão mais triste do que acordar com o lado oposto da cama vazio e os pés cobertos pela falta de quem roube o edredom. Quero-te! Esposo-te! Cobiço-te! Entrego-me!"

Foi um casamento rápido. Ao meu lado, estava uma sábia versão de Mestre Yoda, mais alta, mais bonita, com orelhas de gente, chamada Nossa Senhora de Fátima. Ou apenas, F., a amiga ideal. Ela abençoou a união de um lado. Eu, do outro. Não queríamos repartir aquele amor entre a nossa vaidade. Queríamos tê-los juntos. Vê-los aos sorrisos. Sabia que um dia contaria com eles para ouvir meus relatos.

M.(ônica), sempre elegante, lia livros como profissão. Penteava vampiros em tempos de Depressão e educava especialistas em regras da ABNT com noções fundamentais de etiqueta. Comia com a boca fechada, era perfumada, fumava Free mentolado e mascava bagaços de laranja-seleta para perfumar o sorriso sempre generoso, quase lírico. Era cunhada por vocação. Um dia, deu ao Papai Noel o manuscrito de um gibi tibetano. E São Nicolau gargalhou em javanês em gratidão.

J.(ulio), olindense, era forte feito um gnu. Fazia ginástica nas madrugadas de quarta. Jogava pelada aos sábados. Frequentava os cultos dos Cinéfilos Anônimos rezando preces para Brian De Palma. Ganhava a vida escrevendo livros. Analisava a violência das ruas com a lucidez de um profeta. Certo dia, numa segunda nublada, foi ver um drama argentino, *O Clube da Lua*, de Juan José Campanella, e chorou dois litros de ambições para o amanhã. Pediu água, sem gás. Depois foi rascunhar um romance de nome *Só por hoje* sobre um ex-drogado e uma puta de olhos machadianos. Frases lindas a de seu livro. Frases lindas a de seu juramento de amor a M.(ônica): "Você é quase um órgão meu de tanto que eu te preciso."

Fiquei em dívida de casamento com eles. Não levei presente. Tentei me refazer da grosseria por escrito. Um dia, a convite da Tribuna de Pirapora, na seção de Opinião Política, fui convidado, na condição de cidadão, para produzir um ensaio sobre Maquiavel. Como bom dramaturgo, fiz farsa: preferi digitar uma crítica de cinema como minha mandrágora eleitoral. Escolhi o filme do coração de J.(ulio), que adorava comédias românticas. Optei por Hollywood. Sempre:

Custou pouco ao jornalista e pai viúvo Dan Burns olhar para a francesa Marie e dizer: "Rapidinho, rapidinho, a gente virou 'a gente', não é?" De fato, é difícil para o sujeito, pai de três meninas e sofrido pela perda da mulher, segurar os encantos de uma panela de pressão para cozinhar hormônios que olha para ele, toda segura de si, dizendo: "Quero apenas te fazer feliz." O problema: Marie conheceu Dan quando já estava enrabichada pelo irmão do moço, o soporífero Mitch, todo corcunda em sua pretensão excessiva. E agora, Dan? Bom, na luta para sair desse triângulo isósceles (dois lados simétricos), o candente repórter, autor da seção "Dan in the real life", faz desta comédia romântica cinema analgésico da melhor qualidade.

Escrito e rodado por Peter Hedges, do ótimo *Do jeito que ela é (Pieces of April)*, *Eu, meu irmão e nossa namorada (Dan in the real life)* é a constatação de uma versatilidade dramática que *Pequena Miss Sunshine* já havia apontado. Essa versatilidade se chama Steve Carell. Nas franjas do drama, o astro do seminal *O virgem de 40 anos* mostra o mesmo fator-surpresa com que Jim Carrey arrebatou plateias em *O show de Truman* e em *Brilho eterno de uma mente sem lembranças*: o despojamento de caretas, de gestos bruscos, de excessos. Carell usa um esboço de fragilidade para compor Dan. Sua composição é facilitada pelo charme de Juliette Binoche no papel de Marie. Só Dane Cook, que vive Mitch, desaponta. No Brasil, Francisco Bretas dublou Carell, enquanto Marli Bortoletto cedeu a voz doce a Juliette.

Saiu na página 7, com foto.

O filme está num cinema perto de você. Nas locadoras. Coração de J.(ulio). E agora da M.(ônica).

Amo vocês!

Apêndice III

Flor do Líbano

Tenho escutado no trem de Saracuruna um evangélico de passado "crackudo" gritar sermões de Monte Sinai sobre a desunião de amigos e irmãos. Perdi uma amizade estimada em algum canto do Bonsucesso Blues mas aprendi, a duras penas, que a vida é assim mesmo, má. Ok, eu supero. Passei a procurar fotos no Rio antigo para superar meu buraco. Caçava, em especial, *snapshots* do Tyvoli Park onde comemorei meu descabaçamento pósginasial. Nada encontrei. Mas li num rodapé de *O Pasquim* um velho poema, "Ultimatum", de um sábio árabe de peito bossa-novista, Tárik de Souza. Reproduzo-o aqui:

Meu coração não é porta vaivém
Você entressai
Entressafra
Entre-e-sarta
Entra e mata

Aqui está tudo e tudo o mais.
Aqui estou eu e os demais eus que virei a ser. Em colagem.

Apêndice IV

Intifada

Foi no Velho Testamento de um grande cineasta, Amos Gitai, que os homens de boa vontade leram a Big Bang Theory que explica o caos:

> Utopia é uma questão de linguagem. Emmanuel Lévinas, filósofo francês, referência nos estudos do Talmude, dizia que, em hebraico, o presente é apenas uma transição e só há um tempo verbal do passado, que remete sempre ao futuro. Não por acaso, nosso messias nunca chegou: sua vinda é um projeto para o futuro. Isso mostra que a redenção, aqui, agora, não se resume a esforços individuais. Depende de ações coletivas. Uma sinagoga pode ser construída em qualquer lugar: no segundo andar de um prédio velho ou no auditório de uma escola. Para existir, ela só requer dez pessoas, pois não se pode rezar sozinho. Isso, para mim, é uma visão de utopia: a projeção coletiva. O individualismo é a fragmentação da sociedade e, consequentemente, a fragmentação da utopia de que a paz suplante a guerra.

Um dia eu conheci a Utopia. Era ruiva, tatuava-se com Estrelas de Davi, visitava Sintra para comer doces portugueses e chamava-se Kedma. Optei por escrever um opúsculo inteiro sobre ela, ou pelo menos um parêntese. Isso porque, na matemática do "não sobre o amor", pela qual me obriguei a não falar de paixão com minhas consortes, ela representou o "tempo verbal" do amanhã, como anunciou o Rabino Gitai.

Kedma era pequena. Tinha a fome voraz de um gigante no sexo, mas cabia num abraço apertado. Era tracejada por pintas na pele branca e passeava na orla da praia à noite, para bronzear-se de noite escura.

Esbarrei com Kedma durante uma peça que preguei no Mossad, ensaiando um monólogo baseado em Robert Musil sem grandes qualidades. No palco, um ator, três abacaxis, um feto num jarro de formol e uma vitrola tocando Bach com Bono. Num poste, havia uma luz de bordel, vermelha como os cabelos de Kedma, que resplandecia na plateia, de AK-47 na mão, caçando com o olhar israelense o autor de tamanha catarse. Eu estava atrás das cortinas, comendo Mirabel e encerando as bambolinas, enquanto decorava versinhos de Merleau-Ponty sobre a imparcialidade do guache sobre tela branca.

Na saída, ignorando o ator, Kedma pôs a arma na minha cara exigindo respostas. Mas deixou a agressividade natural se diluir na osmose barroca das minhas reflexões sobre o abandono e sobre os LPs do The Smiths. Obrigou-me a cantar um rock e acabou excitada pela minha habilidade de recitar Gregory Corso em húngaro. Minha língua a deixou eriçada. Minha língua explorou bem suas incertezas.

Chamava-me de "meu bonequinho" em referência a um Ursinho Carinhoso azul. Por vezes, associava-me a seu Querido Pônei preto, de crina grisalha. Jamais compreendi seu galope metafórico. Mas era bonito.

Era sábado quando Kedma me amou. Às vezes era quarta na madrugada ou domingo à noite. Mas parecia sempre sábado. Parecia sempre Kedma. Estava tudo sempre limpo e cheiroso em seu apartamento de quina pra Lua. Pinho sol arejava o aroma do narguilé baforado por ela em movimentos labiais circulares e cíclicos. Seus lábios eram a pele do figo: relevo suave, mas de oscilações onipresentes.

No iPod, Kedma, pós-moderna, ouvia lamentos e lamúrias. Mas eu não podia esquecer a noite em que ela trepava sintonizada à rádio do exército de Israel. Eu pouco entendia. Só entendia seus gemidos. Suas carências. Suas querências. E as ausências. Uma vez, entendi Elton John caminhando pela *yellow brick road* enquanto finalizava "Sorry seems to be hardest word".

"Desculpa" era uma palavra no discurso que Kedma e eu costurávamos entre o suor de uma foda quilométrica. Mas o Mossad não entendia assim e fez de Kedma uma saudade. Uma saudade boa. Saudável.

Por isso, ela merece destaque nas lembranças do cinema mudo a programar no Bonsucesso Blues.

Por isso, ela tornou Etecétera, eu, um homem feliz. Com Kedma eu descobri um prazer sem cobrança. Com Kedma eu fiz a Intifada religiosa da minha crença na Paixão. E que Protocolos de Sião não registrem inverdades sobre ela. Mentira por mentira, é tudo verdade no K que resume Kafka, Kubrick, Kibon e Queimados na mesma boca. E que boca bonita ela tem. Para a inveja da Chinesa.

Shalom!

Apêndice V

No e-mail que você nunca leu

Pleonasmo engorda, mas aqui tem versão *light*. No e-mail que você nunca leu... e nunca vai ler... porque eu jamais enviei... estão os motivos, os princípios, os rudimentos e os movimentos. As cordas do piano, eu cortei. O violino, eu afinei. A banda, ensaiei. Mas na orquestra, os pratos não bateram no ritmo certo. Talvez a música tenha desandado, portanto descreverei aqui um rito que me acompanhou nos dias em que não nos víamos. Não faz muita diferença a data, porque você não terá ciência dos fatos. Numa época da nossa presença, da nossa pertença, cruzou meu caminho um homem velho que agonizava de doçura nas veias. Gemia de dor, febril. Chamava-se João e cheirava a pétalas brancas secas e pisoteadas. Cheirava como um velho disco de Francisco Petrônio (*"Ai que saudade tenho dos bailes de outrora/ das saias tão rodadas de branco e de Aurora/ das rodas e serestas nas noites de Lua/ dos jovens namorados aos pares na rua"*) na vitrola que herdei do sobrenome. João era a soma de dois Joões que me embalaram. Um forte, outro fraco. Um padrinho, outro pai. Um rei, outro ginete. Mas não importava mais a imagem que formavam juntos em mim. Importa que, ao leito, materializados num corpo comatoso, eles, num só espírito, ouviam meus desabafos. Naquele padrinho-pai inerte, motor imóvel, eu encontrei um interlocutor mudo. Às madrugadas, quando no hospital eu passava por ele e dizia:

Hoje, velho, amei. Hoje, pela primeira vez, descendo de um táxi, após uma carona, a flor se enlaçou na minha carne e roçou a boca na minha língua.

Foi cíclico. Passei a fazer de uma maca branca meu confessionário, meu espaço de devoção.

Hoje, pai... digo, velho, ela visitou minha casa e me levou a um passeio por suas ansiedades, por suas relações falidas, pelos filhos que semeou na imaginação dos outros, pela coragem que alimentou. Hoje, ela comeu salmão e agradeceu com sorrisos e olhos que brilhavam. Hoje, ela bebeu de um vinho tinto barato que comprei por R$ 13,50 e embrulhei como se fosse peça rara. Hoje, ela não veio. Talvez volte amanhã. Hoje, comprei um lençol limpo e toalhas e um abridor e taças. Hoje eu parei de fazer diários e passei a me lançar diariamente na hipótese de que poderia ser melhor se a gente se visse sob a chuva. Não sob aquela água gelada da indiferença, mas na morna temperatura do suor. Hoje, ela menstruou entre óvulos de groselha. Anteontem, estava mal do fígado. Hoje, pediu cuidados e um afago nos cabelos. E aí fomos.

Antes que o velho morresse já não havia "hoje", nem menstruação e ninguém pedia nada. Mesmo assim... em nome de tudo que ficou, se um dia eu te encontrar na rua... é provável que eu faça sinal para um táxi esperando que você viaje comigo, como Etecétera, Eu-lírico ou eu mesmo... Renato. E mais nada. Como você.

E la nave va...

créditos
os
Sobem

Este livro foi composto na tipologia Minion Pro,
em corpo 12/15,3, e impresso em papel off-white 90g/m²
no Sistema Cameron da Divisão Gráfica
da Distribuidora Record.